PEQUENOS FOGOS

LEITURAS

LAURA ERBER

/re.li.cá.rio/

Dados Internacionais de Catalogação na Publicação (CIP) de acordo com ISBD

E65p

Erber, Laura

Pequenos fogos: Leituras / Laura Erber. – Belo Horizonte: Relicário, 2025.
136 p. ; 14 x 21cm.

ISBN 978-65-5090-037-3

1. Crítica literária – Ensaios. 2. Literatura – Crítica e interpretação. I. Título.

CDD: 801.95
CDU: 82-09

Elaborado pelo bibliotecário Tiago Carneiro – CRB-6/3279

COORDENAÇÃO EDITORIAL Maíra Nassif Passos
EDITOR-ASSISTENTE Thiago Landi
PROJETO GRÁFICO Ana C. Bahia
CAPA Estúdio Drama (c/ ilustrações da autora – Desenhos sem título, 2007)
DIAGRAMAÇÃO Cumbuca Studio
PREPARAÇÃO Ambuá
REVISÃO Thiago Landi

/re.li.cá.rio/
Rua Machado, 155, casa 4, Colégio Batista | Belo Horizonte, MG, 31110-080
contato@relicarioedicoes.com | www.relicarioedicoes.com
relicarioedicoes relicario.edicoes

Cada día son más breves mis poemas:
pequeños fuegos para quien anduvo
perdida en lo extraño.

Alejandra Pizarnik

Você pode fazer coisas cada vez maiores.
Pra quê?

Laurie Anderson

SUMÁRIO

9 Apresentação

11 As vidas minúsculas de Robert Walser

31 O miserável milagre das imagens de Henri Michaux

45 "Nasci furado": ficcionalização e (des)figuração do eu

63 Pequenos fogos, livros sem saída e saídas por água: um tempo lendo Alejandra Pizarnik

71 As palavras, a ausência, este mundo

81 Ligados por cartas (Baudelaire e sua mãe)

89 O demônio da possibilidade: imagem e incerteza na poesia brasileira contemporânea

115 Os incêndios de um poeta aos 80 anos

121 Escrever com a boca: violação da palavra e liberação dos sentidos prisioneiros na poesia de Ghérasim Luca

135 Sobre a autora

APRESENTAÇÃO

Os ensaios aqui reunidos são exercícios de aproximação da literatura, em suas diversas formas, gêneros e propostas. O que os une talvez seja o interesse em desenvolver modos de escutar e acolher esse objeto inquieto que não para de se transformar enquanto é lido, por isso de difícil captação, mesmo quando estudado com método e diligência.

Vale pontuar que estes textos foram escritos em momentos distintos, sendo alguns o desdobramento de pesquisas de fim de curso desenvolvidas durante meu mestrado e doutorado; já outros foram elaborados com a consciência de que seriam lidos em espaços mais públicos, como o *Suplemento Pernambuco*, o blog do IMS e a *Folha de São Paulo*. Agradeço aos veículos que primeiro os acolheram e autorizaram sua reunião em forma de livro.

De certo modo, portanto, esta obra é um conjunto de pequenos fogos, suspiros, estalos, explosões mínimas de encanto. Escrever é um modo de intensificar a leitura e o contato com os textos lidos, e pode ser também uma maneira de escapar de suas armadilhas, labirintos ou promessas. Por fim, gostaria que os estudos servissem como uma espécie de preâmbulo para outras futuras leituras das obras aqui percorridas.

[Nota da edição] Os textos aqui reunidos frequentemente lançam mão de excertos de outras obras, sejam elas publicações brasileiras (originais ou traduzidas) ou estrangeiras. No último caso, a autoria das traduções é da própria autora.

AS VIDAS MINÚSCULAS DE ROBERT WALSER

Houve um tempo em que eu via as pessoas na rua como se fossem minúsculas.

Alberto Giacometti

Vies minuscules é o título de um primoroso livro de Pierre Michon – publicado apenas nos anos 2000 no Brasil[1] –, mas também poderia ser a senha de acesso à obra do escritor suíço Robert Walser. Walser nasceu em 1878, em Biel, e morreu na neve, em 1956. Seu corpo foi encontrado por um grupo de crianças nos arredores do hospício de Herisau, na Suíça. Sabemos que se irritava quando o médico-chefe do hospício tentava abotoar sua camisa até o fim: "O botão do alto deve ficar sempre aberto!", exclamava, contrariado. De sua vida temos algumas notícias. Sabemos que ficava aborrecido quando os enfermeiros de Herisau traziam as matérias de jornal em que ele ou seu irmão Karl eram citados. Sabemos que Walter Benjamin o admirava e que Kafka adorava seus personagens. Alguns retratos mostram com que intensidade seu rosto se transformou ao longo dos anos. Ao comentá-los, o escritor W. G. Sebald fala de sete etapas fisionômicas intercaladas por uma série de catástrofes silenciosas que afetaram seu corpo e sua imagem. Sabemos também de seus passeios com o editor e amigo Carl Seelig, relatados por este num livro bastante cuidadoso. Através de

1 Michon. *Vidas minúsculas*. Trad.: Mario Laranjeira. São Paulo: Estação Liberdade, 2004.

Seelig, nos inteiramos de que no dia 2 de janeiro de 1944 os dois foram juntos visitar a casa da família Gonzenbach, em Hauptwil, onde Hölderlin trabalhou como tutor. Quando Seelig perguntou a Walser se não gostaria de se aproximar da árvore onde fora colocada uma placa em memória do poeta alemão, a fim de ler o texto ali inscrito, ouviu: "Não, não, esse tipo de demonstração ostensiva de piedade me desagrada inteiramente!".[2] O seu modo de render homenagem era outro; Walser preferia conduzir seus leitores em pequenas crônicas que, por exemplo, acompanham as horas mortas de Kleist nas alturas de Thoune, ou os dias de viajante desgarrado de Goethe, ou ainda os traços do rosto corroído da *Arlésienne*, de Van Gogh. Sabemos que seu pai era comerciante, vendia artigos de papelaria; em vários de seus textos, Walser comenta esses objetos com uma intimidade que os torna estranhamente vivos. Fazia o mesmo com as palavras. Sabemos de sua ternura pela irmã Lisa, que transparece na delicadeza do caráter de suas personagens professoras. Sabemos que não se casou nem teve filhos. Hoje ele é famoso, seus livros são cada vez mais traduzidos, e não sabemos como teria reagido diante do sucesso.

Há algo, no entanto, que só muitos anos depois de sua morte pudemos saber: que seu longo e intrigante isolamento literário foi na verdade marcado por uma experiência de escritura extremamente singular e proliferante. Em 1924, Walser substituiu a caneta pelo lápis, passando a escrever numa grafia incrivelmente minúscula e ilegível. Os papéis ficavam cheios até quase transbordar, e as letras não ultrapassavam dois milímetros de altura. Esses microtextos

2 Seelig. *Promenades avec Robert Walser*, p. 70. (Ed. bras.: *Passeios com Robert Walser*. Trad.: Douglas Pompeu. Rio de Janeiro: Papéis Selvagens, 2021.)

aconteciam em diversos suportes (cartões de visita, papéis de embrulho, folhas de calendário etc.), e neles Walser se arriscava em vários gêneros (romance, crônica, poesia, anotações, entre outros). Esses textos foram batizados de "microgramas" pelo germanista Jochen Greven, que após um meticuloso trabalho de decodificação descobriu que neles não só a caligrafia era extremamente miniaturizada, mas também o próprio idioma empregado era a abreviação de uma antiga forma de escrita alemã, o que fez desses manuscritos um tipo de experimentação estenográfica. Em 1985, Bernhard Echte e Werner Morlang concluíram a decodificação dos textos transcritos por Greven, publicando-os em formato legível. Mas diferentemente do que se poderia imaginar, a acessibilidade dos microgramas, agora também divulgados na forma fac-similar, não dissipa o fascínio que produzem no leitor nem dissolve o seu mistério. Muito ao contrário, esses textos continuam sendo um ponto inquieto na obra de Walser, seja pela agilidade do pensamento que revelam, seja por seu aspecto visual intrigante, ou ainda pelas relações singulares que estabelecem entre o ato de escrever e uma forte marca de oralidade. A escrita em miniatura proporcionou ao autor um poderoso campo de invenção, no qual a redução da letra se conjuga a um movimento de "diminuição" do sujeito na narrativa. O pacto estabelecido entre o gesto da escritura e a posição do sujeito na linguagem é o tema que interessa a este breve ensaio.

Em *Cette petite chose qui fascine*, ensaio sobre o pintor Bram van Velde, Roger Laporte retoma as seguintes palavras de Beckett: "Não consigo escrever. Ainda não cheguei a esse ponto de pequenez". Poderíamos lê-las como uma possível confidência de Walser feita no momento imediatamente anterior à sua entrada no que chamou de "território do lápis". Carl Seelig, ao tomar conhecimento da existência desses textos – que Walser nunca havia mencionado –, chegou a pensar que não passassem de uma escrita secreta e delirante, desprovida de qualquer sentido. E, no entanto, nada mais lúcido que os comentários de Walser durante os passeios com Seelig. Essa não compreensão de Seelig se arvora num certo biografismo, numa leitura que atribui os microgramas aos distúrbios psíquicos que levaram Walser a várias tentativas de suicídio, seguidas de um internamento de 27 anos. Embora exista uma relação evidente entre as vozes dissonantes que habitam seus textos e a vida no hospício de Herisau, sua obra furta-se à configuração da imagem de um autor perturbado cuja doença funcionaria como chave de interpretação. Os microgramas surgem antes da necessidade de se incidir fisicamente sobre o texto, estabelecendo uma nova relação entre escritor e escritura, uma relação amorosa na qual Walser reaprende a escrever "como um garoto" – palavras suas. Em carta endereçada ao redator Marc Rychner, em 1927, numa de suas únicas menções aos microgramas, Walser explica o que significava para ele esse novo "sistema" de escritura:

> Saiba, meu senhor, que há uns dez anos comecei a esboçar primeiro a lápis, tímido e sonhador, tudo o que produzia, o que devia certamente impor ao processo de escrita uma lentidão arrastada, quase colossal. Devo ao sistema do lápis, acompanhado de um sistema de cópia perfeitamente consequente, e quase burocrático, verdadeiros tormentos, mas essa tortura me ensinou a ser paciente, a ponto de me tornar um artista na arte da paciência. O senhor talvez considere ridículo tamanho pedantismo em torno do nascimento de uma redação. Para mim, entretanto, o processo do lápis tem um

> significado. No que diz respeito ao autor destas linhas, houve um momento em que foi tomado por uma aversão medonha e terrível pela pena (...) e para se liberar desse fastio da pena passou a escrever a lápis, a esboçar, a vagar. Para mim, com a ajuda do lápis eu podia brincar, compor melhor; e me pareceu então que o prazer de escrever readquiria vida.[3]

No ensaio que abre *Crítica e clínica*,[4] Deleuze sustentava que a literatura é uma saúde frágil que emerge de dois polos de delírio: um polo de doença, que é a "parada do processo", e um polo de "saúde gorda", corpulenta, dominadora, caracterizada por um estilo demasiado imponente que também impediria a escrita de liberar a vida aprisionada pelo homem. A opção de Walser pelo "sistema do lápis" traduziria a procura dessa medida de saúde que, embora precária, permite que a linguagem se tensione a tal ponto que outras vidas possam surgir. Na escrita de Walser, a tensão da linguagem é alcançada através da miniaturização; ou seja, é da redução radical da letra, da grafia e do eu que surgem as vidas minúsculas que habitam sua obra. Seu estilo macio e gracioso, que atua no leitor quase como música, resulta, contraditoriamente, de certo constrangimento: "A facilidade pode, ou mesmo deve, ter origem numa limitação. Quem se submete a uma certa limitação pode num certo sentido permitir-se a liberdade".[5] Desse modo, é possível entender sua reconciliação com a escritura como sendo viabilizada por um gesto difícil e contido, que evoca tanto a prática dos antigos escribas (porém sem virtuosismo) quanto os clássicos castigos escolares que obrigavam as crianças a copiar

3 Walser. *Le territoire du crayon*, p. 364.
4 Deleuze. A literatura e a vida. In: *Crítica e clínica*, p. 11-16.
5 Walser. *Le territoire du crayon*, p. 41.

infinitas vezes uma mesma frase, uma mesma palavra. Roland Barthes referia-se a essas duas modalidades de escrita como extremamente voluptuosas. Tais práticas, que normalmente caracterizamos como alienantes, segundo Barthes produzem também um prazer físico autêntico. Isso porque o corpo se vê engajado num movimento de escritura no qual o sentido perde sua importância imediata. Quando retiramos o peso do sentido, resta-nos o corpo, ao mesmo tempo constrangido e gratificado. Essa observação leva Barthes a concluir que a prática da escrita é, a um só tempo, castradora e redentora. É essa mesma dinâmica que está presente na miniaturização dos textos de Walser. Embora o sentido permaneça em seu horizonte criativo, o texto já não é o espaço de uma arquitetura de significados; sua prosa é um caminho onde os sentidos surgem e desaparecem; daí também seu gosto pelo vago, que ele soube tratar, paradoxalmente, com admirável precisão poética.

Já a forma sigilosa dos microgramas permitia a Walser administrar um campo privado de criação. Provisoriamente livre dos constrangimentos imediatos da escrita jornalística, ele podia experimentar os mais diversos estilos, variadas formas e técnicas narrativas, fazendo secretamente a triagem dos textos que publicava nos jornais da época: "Ah, escrevo aqui uma redação em prosa que tem o caráter de uma carta que por sua vez parecerá um poema, se o resultado corresponder ao que pretendo".[6]

O leitor dos microgramas logo nota que nesse comércio de pequenas coisas o texto tende a dobrar-se sobre si mesmo, criando uma infinidade de descaminhos dentro daquilo que seria a via principal da narrativa. O narrador cronista de

6 Walser. *Le territoire du crayon*, p. 35.

Walser fala sobre preferências de vocabulário, pequenos caprichos e indisposições com as palavras, enredando o leitor numa série de idas e vindas na própria linguagem. Ele passeia por entre aquilo que deseja escrever e o que de fato escreve, reflexões sobre a dificuldade da escrita e a fluidez da prosa que inventa, tudo permeado de um agudo senso de humor.

> E mais uma dessas prosas breves, dessas digressões e ramificações, dessas pequenas garras e pequenas unhas de menina. (...) Em vez de tomar coragem para escrever um livro destinado a alguma feira ou salão, ocupo-me exclusivamente e sem trégua de pequenos dedos de unhas lustradas, isto é, só o que me ocorre são pequenos trechos em prosa.[7]

Todas essas digressões e curvas do enunciado, bem como esses abandonos e retomadas dos temas anunciados, desequilibram o terreno da narrativa e fazem diminuir na crônica a importância do fato em favor do próprio ato de narrar. É o que já notava Walter Benjamin em seu famoso ensaio sobre Walser: "Para Walser, o *como* do trabalho é tão importante que para ele tudo o que tem a dizer recua totalmente diante da significação da escrita em si mesma. Podemos dizer que o conteúdo desaparece no ato de escrever".[8]

Numa entrevista em que comenta o tipo de prosa que teria influenciado sua poesia, Marianne Moore usa a seguinte expressão para caracterizar o estilo de Thomas Browne: "É um tipo de doçura à prova de erudição".[9] O leitor de Walser experimenta uma sensação semelhante. Walter Benjamin,

7 Walser. *Le territoire du crayon*, p. 275.
8 Benjamin. Robert Walser. In: *Magia e técnica, arte e política*, p. 50.
9 Moore citada por Maffei (org.). *Os escritores*: as históricas entrevistas da *Paris Review* – v. 2, p. 17.

que segundo Hannah Arendt[10] tinha uma paixão especial por coisas pequenas e até minúsculas, sentiu-se também atraído pela negligência insólita do estilo de Walser. Benjamin fala da obra de Walser como "aparentemente desprovida de toda intenção e, no entanto, atraente e até fascinante, uma obra displicente que contém todas as formas, da graciosa à amarga".[11] Sob o aparente conforto das formas, Walser nos conduz por caminhos que acabam retornando às incógnitas do narrar. Numa primeira leitura, esse movimento pode soar como uma sucessão virtuosa de exercícios de estilo, mas logo o leitor reconhecerá que a errância dessa escrita resulta de uma posição na linguagem muito mais arriscada do que estetizante. Quando a prosa adquire o caráter de vagabundagem ambulatória, transformando-se em um percurso sem finalidade narrativa, é a própria noção do narrar que é abalada. O discurso hesitante de seus narradores dá ao texto um ritmo peculiar, permitindo-lhe recuar em relação aos conteúdos e intensificar a tensão entre a enunciação e a incerteza daquilo que se enuncia.

Mas por que a miniaturização? Nenhuma resposta esgota essa pergunta, mas a pista de leitura oferecida por Peter Utz parece ser um caminho interessante. No ensaio que acompanha as mais recentes edições dos microgramas, com versão francesa de Marion Graf, Peter Utz sugere que tomemos a micrografia como uma estratégia de manutenção da infância: "Walser, ao escrever, se apequena para poder, enquanto escritor, permanecer uma criança grande".[12] Opondo-se a uma literatura edificante e subvertendo as formas habituais

10 Arendt. *Homens em tempos sombrios*, p. 142.
11 Benjamin. Robert Walser. In: *Magia e técnica, arte e política*, p. 50-51.
12 Utz. Mystère et singulier bonheur des microgrammes. In: Walser. *Le territoire du crayon*, p. 370.

de constituição de identidade – que garantiriam algum tipo de estabilidade imaginária, mesmo que ilusória –, Walser se lança num movimento vertiginoso de escritura que rompe também com as estratégias habituais de enunciação e de representação do sujeito. Seus narradores e protagonistas são quase sempre figuras titubeantes, inconstantes, mas também irredimíveis, personagens que guardam todas as vantagens e as desvantagens de ser falhos e incompletos. Em *O neutro* (1978), Roland Barthes propunha a criação de um dicionário que contivesse não mais definições, mas "cintilações"[13] que nos devolveriam cada termo em seu estado de pulsação e variação infinita, nunca atingindo uma forma conclusiva ou final. É nesse sentido que entendo a incompletude dos personagens de Walser e a porosidade da prosa do autor. Jakob von Gunten parece ser a versão humana dos *meidosems* de Henri Michaux – aqueles seres imaginários ultramaleáveis que vivem incessantemente o drama da forma e da própria perda de substância.[14] Essa perda se traduz em Walser de maneira mais intensa nas figuras da criança, do adolescente e do fracassado. Sobre este último, é preciso dizer que aparece não apenas como o adulto na sua versão malograda. O fracassado em Walser cria todo um campo favorável às aparições da forma imperfeita cujos contornos mal-traçados enfrentam e perturbam – numa atitude terrivelmente passiva e lírica – a imagem definida do adulto bem-sucedido e socialmente integrado.

Muito tem sido falado acerca do desejo, em Walser, de não ser reconhecido, de sua insistência em permanecer sempre um escritor menor, um zero, um desconhecido virgem

13 Barthes. *O neutro*, p. 25.
14 Michaux. *La vie dans les plis*.

de sucesso. O escritor Enrique Vila-Matas, em *Bartleby e companhia*, vê nessa atitude uma pulsão negativa que afetaria parte considerável da literatura moderna. Embora Vila-Matas, inspirado pelo pensamento de Foucault e de Giorgio Agamben, considere a atitude negativa em seus aspectos mais positivos, afirmando que apenas desse "labirinto do não"[15] poderá surgir uma nova literatura, a paixão pelo fracasso em Walser parece resultar menos de uma pulsão negativa que de uma resistência aos paradigmas que modelam habitualmente a imagem do eu. "Ser e permanecer insignificante",[16] dizia o personagem Jakob von Gunten. Seguindo o caminho de leitura aberto por Evelyne Grossman em *La défiguration*, é possível entender essa paixão pelo fracasso como um modo de "figurar o infigurável",[17] ultrapassando as formas coaguladas do olhar espelhado da autoestima que orquestram as construções narcísicas. A partir dessa mesma perspectiva, podemos entender que a miniaturização do sujeito em Walser não resulta da vontade de simples negação ou de expulsão do eu da narrativa, mas revela que aquilo que está em jogo no questionamento insistente da presença do sujeito na escritura é sua suposta unidade, sua consistência. Daí que em Walser o sujeito se oferte sempre por meio de vozes dissonantes, posições falhas e funções descontínuas que o tornam de difícil definição, quando não inútil. No âmbito da discussão sobre a pulsão negativa na linguagem, seria interessante retomar as nuances do pensamento de Foucault sobre a relação moderna entre sujeito e linguagem. Opondo-se a uma leitura da literatura moderna como gesto tautológico, em *La pensée du dehors* Michel Foucault comenta

15 Vila-Matas. *Bartleby e companhia*, p. 11

16 Walser. *Institut Benjamenta*, p. 209.

17 Grossman. *La défiguration*: Artaud, Beckett, Michaux, p. 7.

a desaparição do sujeito no texto em termos de uma "nudez do eu". No mesmo ensaio, o filósofo afirma: "O tema da literatura (aquilo que nela fala e de que ela fala) seria menos a linguagem em sua positividade que o vácuo em que se encontra seu espaço quando se enuncia na nudez do 'eu falo'".[18] E Maurice Blanchot, em "Michel Foucault tel que je l'imagine",[19] declara que a desaparição do sujeito não é uma negação do ser, mas um novo modo de ser, uma nova maneira de ser que é o desaparecimento. Se o autor como instituição desaparece, deixando de exercer paternidade sobre a obra, ele não é, no entanto, aniquilado. Seu desaparecimento deixa marcas, e ainda que sejam marcas distraídas de sua passagem pela linguagem, são elas que nos permitem captar a singularidade do gesto que o constitui. Em "L'auteur comme geste",[20] Giorgio Agamben sugere precisamente que a marca de um escritor deve ser observada no modo como ele se ausenta do texto. Segundo essa mirada, a obsessão de Walser por tornar-se nulo e pequeno indicaria não uma paixão pelo não, mas uma posição crítica que traduz aquilo que resiste aos padrões de subjetivação, aquilo que há de mais impessoal e irredutível naquele que escreve. Em Walser, o gesto do desaparecimento surge como aquele praticado pelas crianças quando se fingem de mortas, ou como as "mortes aparentes" dos professores do Instituto sobre o qual nos fala Jakob, o narrador:

18 Foucault. *La pensée du dehors*, p. 13. (Ed. bras.: *O pensamento do exterior*. Trad.: Nurimar Falci. São Paulo: Princípio, 1990.)
19 In: Blanchot. *Une voix venue d'ailleurs*. (Ed. bras.: *Uma voz vinda de outro lugar*. Trad.: Adriana Lisboa. Rio de Janeiro: Rocco, 2011.)
20 In: Agamben. *Profanations*, p. 53-63. (Ed. bras.: *Profanações*. Trad.: Selvino J. Assman. São Paulo: Boitempo, 2007.)

> como eu disse antes, falta aqui pessoal para lecionar, ou seja, os Senhores Educadores e Professores dormem, a menos que estejam mortos em letargia ou petrificados, tanto faz; de toda maneira, não nos rendem nenhum proveito.[21]

A miniaturização, o estado vegetativo ou petrificado de seus personagens são os modos empregados por Walser para pôr à prova todo um sistema de valores e o jogo de oposições que o regula. O que está sendo questionado aí é precisamente o fato de a sociedade disciplinar e os modos de subjetivação por ela impostos. Para escapar a essa captura, a miniaturização da escritura instaura o vínculo com a infância, reconectando Walser com o momento em que o caráter e o destino são vividos em seu estado de latência. Em suas histórias temos as finas nuances da *noblesse enfantine*, crianças curiosas, mas também reflexivas, capazes de observações extremamente agudas e críticas sobre si mesmas e sobre o ambiente e as pessoas que as cercam. "Como é bom ser pequeno assim! (...) A descoberta das primeiras fagulhas de saber torna provavelmente a existência mais agradável que a posse de todo o saber acumulado; esta última deve ser bastante pesada e penosa de carregar",[22] afirmava o menino Felix. A estratégia da "vida minúscula" serve também como uma barreira que ao mesmo tempo protege e isola o autor, assegurando à escrita uma "margem de passeio" responsável por conferir à prosa um tom insolente. O olhar de seus personagens parece estar perpetuamente em construção, em estado de receptividade e assombro, e aqui também não estaríamos muito longe dos *olhares ricos de não saber* e

21 Walser. *Institut Benjamenta*, p. 35.
22 Walser. *Felix*, p. 2-3.

densos daquilo que lhes escapa de que falava Henri Michaux ao abordar o tema da infância em suas *Passages*. Walser sabe captar com extrema precisão a deriva potencial da criança, deriva que serve como antídoto contra os aprisionamentos da vida adulta. Além disso, a solidão das figuras que ele nos oferece impregna sua escrita de uma cadência fortemente lírica. O caráter irredimível e subversivo de seus personagens perturba pela inércia, por uma espécie de impotência que é também sua força: são figuras dóceis – insubordináveis e dóceis.

Não é inútil lembrar que Walser escreveu durante um período de avanço galopante de ideologias e modelos socioculturais petrificantes. Ele criou uma prosa cuja geometria de evasão revela que não há ali possibilidade de uma identificação conciliadora e tampouco de identidades fortes e autoconfiantes. Como bem observou a tradutora Marthe Robert, esse desejo de tornar-se nulo é também a marca de sua não reconciliação com o mundo das opiniões literárias e das celebridades. Nessa mesma clave, o escritor Louis-René des Forêts declarou certa vez: "De uma obra que se coloca uma exigência excessiva, pode-se dizer que traz em seu fracasso a condição de seu sucesso".[23] Não se trata aqui de uma tática estética, e não seria tampouco adequado considerar essa atração pelo fracasso como uma atitude autopunitiva, pois essa paixão coloca o texto num importante movimento em que a posição de autarquia do sujeito sobre a linguagem é totalmente abalada. Ainda poderíamos dizer que essa atração de Walser pelo insignificante não nos deixa esquecer que um autor nunca coincide serenamente consigo mesmo, e menos ainda com a literatura que

23 Des Forêts. *Voies et détours de la fiction*, p. 26.

escreve, mas se mantém num conflito em estado puro que afeta profundamente os processos de identificação imaginária. A invisibilidade buscada por Walser poderia ser lida ainda, como sugere Utz, como um último recurso para evitar sucumbir sob a enorme sombra de autores como Hugo von Hofmannsthal, Oswald Spengler e Thomas Mann, que de algum modo o aterrorizava. Por último, gostaria de sugerir aqui uma correspondência entre a miniaturização em Walser e o pensamento de Gilles Deleuze sobre o "devir minoritário", registrado em *Mil platôs*.[24] O olhar extremamente exigente que Walser lança sobre o mundo se revela sobretudo em sua insatisfação com as formas fixas e com as grandes formas – a grandiloquência em literatura, por exemplo –, que podemos identificar com o que Deleuze chama de "fato majoritário". Como observa Arnaud Bouaniche,[25] Deleuze e Guattari ofereceram uma nova leitura da ideia de minoritário. Afastando-a de uma noção empírica e descritiva, os dois autores passam a encará-la como potencial criativo. O que interessava a Deleuze e Guattari era precisamente o poder do devir minoritário (sempre entendido como fluxo, como movimento) de resistência à normatização e à captura exercidas pelos sistemas majoritários, sejam eles literários, sociais, políticos ou outros. Se o majoritário se apoia em modelos abstratos de construção teórica aos quais nada ou ninguém corresponderia de fato (por exemplo: homem do sexo masculino adulto heterossexual de língua culta padrão), o esforço de Deleuze e Guattari é precisamente o de desfazer esse modelo e propor um trânsito que pode nos emancipar

24 Deleuze; Guattari. *Mille plateaux – Capitalisme et schizophrénie.* (Ed. bras.: *Mil platôs, v. 1 – Capitalismo e esquizofrenia.* Trad.: Ana Lúcia de Oliveira, Aurélio Guerra Neto, Célia Pinto Costa. São Paulo: Editora 34, 1996.)
25 Bouaniche. *Gilles Deleuze, une introduction,* p. 187.

das formas cristalizadas subjacentes às noções de sujeito universal. Daí que o majoritário seja traduzido em termos de *fato* e o minoritário em termos de *devir*. Walser realiza o devir minoritário num gesto de escritura que, ao articular o ético com o estético num só movimento, promove aquilo que chamei aqui de vidas minúsculas. Daí o retraimento do protagonista do romance *Der Räuber* [O ladrão] depois de um breve discurso inflamado: "hoje estou mais calmo e doce, mantenho-me pequenino. Os realmente fortes não são os que se apresentam como fortes, falando de maneira gentil, não é?".[26]

Walter Benjamin dizia que os personagens de Walser arrastam a loucura atrás de si, "e por isso sobrevivem numa superficialidade tão despedaçadora, tão desumana, tão imperturbável".[27] Mas Benjamin os encara como personagens já curados, embora nós leitores nunca compreendamos como se processou essa cura. Por isso há sempre algo de severo, insolente e impenetrável na ternura dos personagens do escritor. Todos os seus heróis evitam o sucesso como Walser o evitava. Jakob von Gunten talvez seja aquele que melhor encarne essa aversão, traduzindo num sentido extremo a figura do jovem sem futuro, destinado não ao fracasso, mas a nunca chegar a ser alguém. Antes mesmo de fracassar, Jakob sabe que a vida não lhe reserva nada. Os alunos do Instituto Benjamenta são educados para esse nada, por isso nada é ensinado e nada se aprende nessa escola, por isso Jakob está totalmente de acordo com as regras do instituto e por isso cultiva com zelo o seu tempo morto. Em seu *curriculum vitae* ele anota:

26 Walser. *Le Brigand*, p. 136.
27 Benjamin. Robert Walser. In: *Magia e técnica, arte e política*, p. 52.

> O abaixo assinado Jakob von Gunten, filho de pais honrados, nascido em tal data e criado nesse e naquele lugar, entrou como aluno no Instituto Benjamenta a fim de adquirir os parcos conhecimentos de que precisa para entrar para o serviço de qualquer pessoa. O mesmo não espera nada da vida.[28]

No fim do romance, um pouco antes de deixar o instituto, Jakob discorre sobre o seu futuro como se falasse de sua morte. Numa linguagem extremamente lírica, ele fala de si mesmo transformado em uma flor:

> Um belo dia minha pessoa e minha conduta irão emanar um certo odor, serei flor e emitirei um perfume leve, como para meu próprio prazer, depois abaixarei a cabeça, essa cabeça forte que Krauss diz ser tola e orgulhosa. Meus braços e minhas pernas ficarão estranhamente flácidos, meu espírito, meu orgulho, meu caráter, tudo, tudo irá se partir e apagar, e estarei morto, não realmente morto, mas morto de certa forma, depois do que ainda vegetarei talvez por sessenta anos.[29]

Assim como Jakob em seu devaneio evanescente, também Walser no fim da vida vai ficando cada vez menos tangível. Nos últimos anos, em Herisau, ele já não possui nada, torna-se o duplo sinistro e fascinante de seu personagem jovem, solitário e ambulante que repetia aos animais encontrados pelo caminho: "Não tenho nada, caro animal. Se tivesse algo, te daria".[30] Walser faleceu durante um passeio na neve num dia 25 de dezembro, mas talvez nem sequer tenha morrido; à maneira de Jakob, pode ter se transformado

28 Walser. *Institut Benjamenta,* p. 87.
29 Walser. *Institut Benjamenta,* p. 208.
30 Walser. Ich habe nichts. In: *Robert Walser – Prosastücke; Kleine Prosa; Der Spaziergang,* p. 45.

em uma arvorezinha que dançava parada nas margens da *Pietà* de Rogier van der Weyden, a qual um dia tanto lhe chamou a atenção.

Referências

AGAMBEN, Giorgio. *Profanations*. Trad.: Martin Rueff. Paris: Rivages, 2005. (Ed. bras.: *Profanações*. São Paulo: Boitempo, 2007. Trad.: Selvino J. Assman.)

ARENDT, Hannah. *Homens em tempos sombrios*. Trad.: Denise Bottmann. São Paulo: Companhia das Letras, 1987.

BARTHES, Roland. *O neutro*. Trad.: Ivone Castilho Benedetti. São Paulo: Martins Fontes, 2003.

BENJAMIN, Walter. Robert Walser. In: ______. *Magia e técnica, arte e política*. Trad. Sérgio Paulo Rouanet. 3. ed. São Paulo: Brasiliense, 1987.

BLANCHOT, Maurice. Michel Foucault tel que je l'imagine. In: ______. *Une voix venue d'ailleurs*. Paris: Gallimard, 2002. (Ed. bras.: *Uma voz vinda de outro lugar*. Trad.: Adriana Lisboa. Rio de Janeiro: Rocco, 2011.)

BOUANICHE, Arnaud. *Gilles Deleuze, une introduction*. Paris: Pocket, 2007.

DELEUZE, Gilles. A literatura e a vida. In: ______. *Crítica e clínica*. Trad.: Peter Pál Pelbart. São Paulo: Editora 34, 1997.

DELEUZE, Gilles; GUATARRI, Félix. *Mille plateaux – Capitalisme et schizophrénie*. Paris: Les Éditions Minuit, 1980. (Ed. bras.: *Mil platôs, v. 1 – Capitalismo e esquizofrenia*. Trad.: Ana Lúcia de Oliveira, Aurélio Guerra Neto e Célia Pinto Costa. São Paulo: Editora 34, 1996.)

DES FORÊTS, Louis-René. *Voies et détours de la fiction*. Paris: Fata Morgana, 1985.

FOUCAULT, Michel. *La Pensée du dehors*. Cognac: Fata Morgana, 2003. (Ed. bras.: *O pensamento do exterior*. Trad.: Nurimar Falci. São Paulo: Princípio, 1990.)

GROSSMAN, Evelyne. *La défiguration*: Artaud, Beckett, Michaux. Paris: Les Éditions de Minuit, 2004.

LAPORTE, Roger. *Cette petite chose qui fascine*. Paris: P.O.L, 1990.

MAFFEI, Marcos (Org.). *Os escritores*: as históricas entrevistas da *Paris Review* – v. 2. Trad.: Celso Nogueira. São Paulo: Companhia das Letras, 1989.

MICHAUX, Henri. Enfants. In: ______. *Passages:* 1937-1963. Paris: Gallimard, 1982.

MICHAUX, Henri. *La vie dans les plis*. Paris: Gallimard, 1990.

MICHON, Pierre. *Vies minuscules*. Paris: Gallimard, 1984. (Ed. bras.: *Vidas minúsculas*. Trad.: Mário Laranjeira. São Paulo: Estação Liberdade, 2004.)

SEELIG, Carl. *Promenades avec Robert Walser*. Trad.: Bernard Kreiss. Paris: Rivages, 1992. (Ed. bras.: *Passeios com Robert Walser*. Trad.: Douglas Pompeu. Rio de Janeiro: Papéis Selvagens, 2021.)

UTZ, Peter. Mystère et singulier bonheur des microgrammes. In: WALSER, Robert. *Le territoire du crayon*. Genebra: Zoe, 2003.

VILA-MATAS, Enrique. *Bartleby e companhia*. Trad.: Josely Vianna Baptista e Maria Carolina de Araújo. São Paulo: Companhia das Letras, 2021.

WALSER, Robert. *Institut Benjamenta*. Paris: Grasset, 1960.

WALSER, Robert. *Le Brigand*. Trad.: Jean Launay. Paris: Gallimard, 1994.

WALSER, Robert. *Le territoire du crayon*. Trad.: Marion Graf. Genebra: Zoe, 2003.

WALSER, Robert. *Felix*. Trad.: Gilbert Musy. Genebra: Mini Zoe, 2006.

WALSER, Robert. *Robert Walser – Prosastücke; Kleine Prosa; Der Spaziergang*. Ed.: Barbara von Reibnitz. Basel; Frankfurt: Stroemfeld; Schwabe, 2016. (Robert Walser: Kritische Ausgabe sämtlicher Drucke und Manuskripte, I 8)

O MISERÁVEL MILAGRE DAS IMAGENS DE HENRI MICHAUX

> *Louis XIII, aos 8 anos, faz um desenho semelhante ao desenho feito pelo filho de um canibal da Nova Caledônia. Aos 8 anos ele tem a idade da humanidade, tem pelo menos 250 mil anos. Poucos anos mais tarde ele os perdeu, já não tem mais do que 31 anos, tornou-se um indivíduo, não é mais que um rei da França, impasse do qual não sairá jamais. O que é pior do que ser acabado?*
>
> Henri Michaux

> *Nada em mim é definitivo.*
>
> Franz Kafka

O que é pior do que ser acabado? Para Henri Michaux, nem a morte é pior que o fechamento. O eu e as figuras que circulam em seus textos e imagens estão sempre muito aquém ou além da identidade, e no entanto poucos escritores modernos tiveram menos pudor em dizer "eu". Mas Michaux opera com um eu sem fixidez nem garantia – multiplica-o, tortura-o, submete-o a incessantes perfurações. A estabilização do sentido e da forma parece ser o grande terror que mobiliza sua prolífica trajetória criativa. Ao recusar o fechamento em seus vários graus e extensões, Michaux se lança à exploração das passagens, interrogando incessantemente o desvão entre o sujeito e seus envelopes físicos, a distância entre o eu e a linguagem. Mas, ao contrário do que se poderia supor, não há nada de vago ou alusivo nessa obra, toda ela é "passagem de bruma a carne",[1] de uma precisão assustadora, nuançada, feita de descrições rigorosas, miudezas que dão uma concretude esplendorosa e irrefutável a fenômenos que, de outro modo, seriam puramente abstratos, intelectuais ou desprovidos de interesse.

Nascido em 1899 na pequena cidade belga de Namur, Michaux é autor de uma das mais autênticas e irresistíveis obras do século XX. Em seu primeiro livro, *Qui je fus* (1927), surgem as primeiras investigações sobre "a vida nas dobras": "Sou habitado; falo com quem eu fui, e quem eu fui fala comigo";[2] "Não estamos sós em nossa pele".[3] Desde muito cedo, sua atividade criativa esteve atrelada a uma vontade de evasão que o leva a realizar longas viagens pelo mundo (China, Malásia, Indonésia, Japão, Índia e América Latina), tendo inclusive visitado o Brasil em 1939, viagem que lhe rende uma meditação sobre o homem mau que alimentava zeloso os animais do zoológico de Belém e a impressão de que os brasileiros têm uma "inteligência cafeinada", feita muito mais de reflexo que de reflexão. Nessa literatura de viagem não há nem a tolerância do viajante moderno, nem a pretensão de instruir ou edificar o leitor, nem mesmo a vontade de sublimar os pecados europeus pela imersão na cultura exótica de outras lonjuras. O viajante Michaux exercita uma sensibilidade ao mesmo tempo cética, irritadiça e atenta a todas as variações do humano, colocando em

1 Michaux usa essa ideia ao descrever os *meidosems* em: La Vie dans les plis. In: *Œuvres complètes – Tomo II*, p. 214.
2 Michaux. Qui je fus. In: *Œuvres complètes – Tomo I*, p. 73.
3 Michaux. Qui je fus. In: *Œuvres complètes – Tomo I*, p. 79.

foco, com um humor derrisório, os limites de seu desejo de aproximação do outro.

Mais tarde, impulsionado pela ideia de que o poeta deve inventar o próprio campo de referências, Michaux se lança na criação de uma das mais fascinantes etnografias imaginárias que a literatura já produziu, por meio das obras *Voyage en Grande Garabagne*; *Au Pays de la Magie*; *Ici Podemma* e, mais tarde, *Portrait des meidosems*.[4] Os povos que encontra são os *émanglons*, os *omobuls*, os *ourgouilles*, os *aravis*, os *ouglabs*, os *ossopets*, os *kalakiès*, os *émagrus*, os *halalas* e os enigmáticos *meidosems*, todos descritos com uma minúcia cativante que não deixa nada a desejar em relação aos latino-americanos, indianos e asiáticos dos livros anteriores. Essas ficções evidenciam a força de uma escrita livre de qualquer sistema de coerência trazido de fora para dentro do espaço literário. Michaux rompe simultaneamente com o pacto referencial selado no *récit de voyage* e com a exigência da experiência de campo difundida pela etnografia moderna. Por outro lado, o teor mágico-fantástico das suas invenções não engendra nenhuma linguagem cifrada nem esconde um mito sociocultural travestido pela imaginação – o que lhe interessa é a manifestação concreta do mistério. Michaux cria um mundo indócil e fascinante que, como assinalou Maurice Blanchot, suporta mal a nossa presença, mas "esse universo onde não estamos é, apesar de tudo, o nosso universo".[5] É tratando o misterioso como um fenômeno que se oferece que Michaux prepara para o leitor o melhor da surpresa: "Ele dá ao mistério", diz Blanchot, "uma espécie

4 Ed. bras.: Michaux. *Retrato dos meidosems*. Trad.: Ricardo Corona. Florianópolis: Cultura e Barbárie; Curitiba: Medusa, 2022.

5 Blanchot. L'ange du bizarre. In: *Henri Michaux ou le refus de l'enfermement*, p. 20.

de evidência, trata o misterioso não como aquilo que não pode ser visto, mas como algo que se manifesta".[6]

"Ateliê do cérebro"

Quando jovem, Michaux ensaiou uma carreira de marujo, ideia da qual se desfez, pois lhe faltava preparo físico; também se imaginou compositor, "se fosse possível entrar diretamente no teclado" – nesse caso, faltava-lhe formação, mas a música não o abandona, além da companhia do piano, pois tanto sua escrita quanto suas imagens aspiram claramente a uma dimensão musical da existência. Numa rara entrevista concedida a John Ashbery em 1961, no *hôtel particulier* onde vivia, na rue Séguier, em Paris, Michaux diz ter começado a criar imagens sob o impacto das pinturas de Klee e das próprias viagens ao Oriente, que o introduziram num outro ritmo do existir. Nenhuma estratégia criativa saciará sua inquietude exploratória, e em 1955 ele embarca novamente em um ciclo de viagens, dessa vez, porém, não em direção a novos países, mas às zonas inexploradas do "longe interior".

No verão de 1954, Michaux e Jean Paulhan trocam cartas em que mencionam um projeto de experimentar algumas doses de mescalina juntos. Paulhan afirma ter sete doses da substância e diz que gostaria de consumi-las com Michaux entre um domingo e uma terça-feira: "Será necessário permanecer num ambiente semiobscuro/ Obviamente, nem telefone nem visitas./ Talvez algumas flores?/ Em caso de ansiedade e náuseas, tomar chá ou café extremamente

6 Blanchot. L'ange du bizarre. In: *Henri Michaux ou le refus de l'enfermement*, p. 34-35.

forte".[7] Mas só em 1955 Michaux iniciará o consumo da droga, que dará origem a uma série de livros, a começar por *Misérable miracle*, publicado pela Gallimard em 1956. Nessa obra, Michaux reproduz 32 das 150 páginas que escreveu sob efeito da mescalina, muitas delas ilegíveis e, portanto, não aproveitáveis como texto. A partir da terceira ingestão começam a surgir desenhos. O livro inclui os escritos e os desenhos feitos durante a alucinação, e um texto longo que analisa *après coup* o caráter da mescalina, sua engrenagem, seu estilo operatório, por assim dizer. Todos os textos são acompanhados por notas laterais que situam as fases mais importantes no ciclo de entorpecimento. E, segundo Michaux, o estilo da mescalina é abstrato, serial e extremamente veloz. Não há repouso, mas agitação extrema, vibrações extenuantes, milhões de pequenas mortes e ressurreições. As imagens produzidas sob o efeito da droga são desprovidas de sensação, e sua escrita "redige por enumeração". É uma droga casta, antierótica, que não convida aos prazeres da carne, embora, como assinala Michaux, mantenha intacta a virilidade. "O que a mescalina oferece acima de tudo é uma vibração enorme, múltipla, fina, polimorfa e terrível, que parece não terminar nunca."[8] A imaginação diminui, as imagens se dessensualizam, e as palavras incham, tornam-se densas demais para serem pronunciadas. Nesses "experimentos psicóticos", tudo é multidão ou chega aos bandos, nada é único e nada pode ser isolado, tudo é enxurrada e se atropela, como um verso que atropela o verso seguinte antes de chegar à última sílaba tônica. Mas Michaux não vê nada de sobrenatural nessa experiência: "Abandona-se

7 Michaux. Cronologia. In: *Œuvres complètes – Tomo II*, p. XXXVII.
8 Michaux. *Œuvres complètes – Tomo II*, p. 670.

tão pouco o homem. A gente se sente é preso num ateliê do cérebro".[9]

"Pequena massa que espera o chute"

"A partir do momento em que perdeu o seu centro, você poderá ser tanto homem quanto sapo, pequena massa que espera o chute." Com a introdução da mescalina no circuito criativo, o desenho se torna o palco ideal para um embate de forças em que prazer e desprazer, vida e morte, formas embrionárias e formas decadentes se tensionam de modo inextrincável. Michaux dizia nunca ter sido capaz de identificar sequer uma imagem no famoso Teste de Rorschach; assim também as imagens que produziu não procuram dar sentido ao que é visto nem o definir. Muito ao contrário, Michaux produzia formigueiros de dúvidas, abria os signos, lançava-se para fora de si mesmo correndo o risco, bem de perto, de se autodestruir ou se perder completamente, preso no interior do próprio labirinto sensorial ou arrastado pela turbulência do infinito da linguagem. Feita basicamente com nanquim, guache e aquarela sobre papel, sua produção de imagens (desenhadas ou pintadas) assumirá o risco de ser também uma escrita plástica e performática que busca desesperadamente alcançar a velocidade dos pensamentos intoxicados.

Michaux começa a pintar e desenhar nos anos 1920; são dessa época os *Alfabetos*, conjuntos de signos ilegíveis que parecem dançar parados na página. Michaux nunca gostou da cozinha da pintura e aderiu desde cedo às técnicas à base de água, guache e nanquim, que além de atenderem

9 Michaux. *Œuvres complètes – Tomo II*, p. 621.

ao imediatismo dos gestos permitiam plasmar facilmente o ritmo da mão. Para quem pretendia desenhar a consciência de existir e o fluxo do tempo, naturalmente são esses materiais aquosos os que melhor darão conta da fulgurância e da impermanência de suas imagens, ou, como diz René Bertelé, das "aparições que se recusam a uma existência definitiva".[10] Os *Alfabetos* são os primeiros trabalhos em que Michaux força os limites da escrita, aproximando o alfabeto ocidental do ideograma. Se em sua origem desenho e escrita compartilham o mesmo gesto manual, a história da cultura tende a mantê-los em campos separados, circunscrevendo a imagem ao campo do sensível e a letra ao campo do inteligível, *cosa mentale*. Michaux bagunça essas fronteiras reconectando a escrita ao corpo e o desenho ao pensamento. Para ele, desenhar era um tremendo combate, experiência violenta do "infinito turbulento" – indomável fluxo que nenhuma imagem consegue deter –, ao fim do qual resta um miserável milagre.

De paraísos e infernos artificiais

O cruzamento entre droga e literatura é antigo, mas na modernidade adquire contornos singulares. Se o sujeito moderno revela sua força justamente ao explorar sua precariedade constitutiva, a droga só poderá ser encarada como um elemento capaz de deflagrar, mesmo que de modo fugaz, o contato intempestivo com o informe e o inominável em cada um. Como já notava Baudelaire ao refletir sobre os efeitos do haxixe, a droga não transforma radicalmente o sujeito, ela o intensifica, exacerba sua percepção e seus

10 Bertelé. Notes pour un itinéraire de l'oeuvre plastique d'Henri Michaux. In: *Cahier de L'Herne – Henri Michaux – n. 8*, p. 360.

conflitos, faz com que o eu toque seus limites. Ainda em 1821, após uma tumultuada luta contra o vício, Thomas de Quincey publica *Confissões de um comedor de ópio*, em que descreve sonhos de angústia os quais, segundo ele, eram gerados por uma parte de seu ser que ele desconhecia por completo. As *Confissões* de Quincey antecipam muitas das questões que irão interessar a seus sucessores; ali comparecem as delícias e os horrores da alucinação, as tormentas psíquicas e a forte descarga de angústia que a droga pode provocar. Décadas depois, Baudelaire elege o vinho e o haxixe como aliados da escrita poética. Os seus *Paraísos artificiais* dão testemunho de uma reflexão substancial sobre essa consciência alucinada que ameaça rachar o sujeito. A droga, no caso de Baudelaire, interessava sobretudo por propiciar um aumento da sensibilidade, uma hipóstase dos sentidos que dava acesso a um universo bem mais vigoroso que o da vida em sua escala de intensidade natural. Em *O poema do haxixe*, Baudelaire não se furta a oferecer ao leitor a receita do *dawamesk*, elogiando o modo de preparo árabe, cuja eficácia alucinógena lhe parecia muito superior àquela normalmente experimentada pelos europeus (por meio de uma mistura de haxixe e tabaco). Embora seu livro se feche com um elogio à sensibilidade poética que prescinde dos alucinógenos, o que fascinou Baudelaire no haxixe foi a liberação de uma suprassensibilidade sinestésica – os sons se revestem de cores, e as cores contêm música –, verdadeira experiência do desregramento de todos os sentidos, para usar uma expressão tão cara a Rimbaud.

Também Michaux vive a droga sob o signo do excesso e do infinito. Mas, diferentemente do vade-mécum baudelairiano, as informações que fornece ao leitor não configuram um manual de uso. Suas anotações tratam de traduzir com o máximo de sutileza os efeitos da droga sobre ele e a própria dificuldade de captar esses fenômenos "em tempo real", já que se trata precisamente de uma experiência que transforma tanto a noção habitual de tempo quanto a percepção do real. Quando, em *Connaissance par les gouffres* (1967), Michaux tenta recapitular a experiência dos anos 1950, descreve os estados delirantes como "situações-abismos". Nessas situações, o pensamento adquire uma velocidade de procriação que nunca deixa as ideias repousarem:

> Antes que um pensamento se conclua, amadureça, ele se engravida de outro, e este, recém-nascido, incompletamente formado, traz ao mundo um outro, uma ninhada de outros que dialogam da mesma forma em envios surpreendentes e incapturáveis e que até agora não consegui restituir.[11]

O que difere Michaux da maioria dos escritores que, antes dele, levaram a sério esse laboratório dos estados alterados é o rumo que a droga impõe à sua produção criativa. A mescalina não é a fonte de uma produção literária *stricto sensu*, mas desencadeia processos visuais ambivalentes, culminando numa escrita plástica – liberação paradoxal dos signos sob a pressão mortificante das substâncias alucinógenas. *Misérable miracle* (1956) é um livro de difícil classificação, uma espécie de diário de bordo acompanhado por séries de imagens, sendo algumas tentativas de escrita que soçobram a meio caminho, frases em pura perda de substância escorrendo página abaixo. Essa escrita plástica não é um novo idioma ininteligível nem a expressão fulgurante do inconsciente perseguida pelos surrealistas, é uma

11 Michaux. Connaissance par les gouffres. In: *Œuvres complètes – Tomo III*, p. 47.

sismografia dos fluxos nervosos do pensamento. Nela está contida a dificuldade imensa de traduzir a tensão produzida pelos estados alterados. "A mescalina e eu, nós estivemos muito mais em litígio do que juntos",[12] escreveu Michaux.

"O envelope do meu corpo flutuava ao meu redor"

As imagens da mescalina não brotam da imaginação nem da visão, brotam da urgência: "Há pressa em mim, há urgência. Eu quero. Quero qualquer coisa, mas agora".[13] São imagens produzidas pelo "insuportável, intolerável" das vibrações, mas às vezes também podem irromper de palavras lidas. A certa altura, Michaux abre um livro de zoologia fartamente ilustrado, mas não consegue reter nenhuma figura; fecha os olhos, e o animal se desmaterializa imediatamente, nem sombra ou rastro da imagem vista. Em compensação, ao ler no mesmo livro uma frase sobre a vida dos antílopes, a palavra "girafa" produz um efeito avassalador: eis que uma enorme e monstruosa girafa se materializa. Seu pescoço é do tamanho de uma casa de sete andares, e ela não está sozinha. São dezenas, e galopam furiosamente na direção de Michaux. Palavras detonam processos visuais, mas também exercem seu magnetismo sobre palavras vizinhas, criando cascatas intermináveis de palavras aparentadas: "irremediável", "incurável", "indelével", "invencível", "intragável", "incansável", "indomável", "incompreensível", "inflamável", "incongruente", "intolerável" e assim sucessivamente, rajadas de palavras com *in* que Michaux não consegue frear e que

12 Michaux. *Œuvres complètes – Tomo II*, p. 620.
13 Michaux. *Œuvres complètes – Tomo II*, p. 630.

remetem à instigante escrita paratática do poeta contemporâneo Christophe Tarkos (1963-2004).[14]

É curioso notar que em *Misérable miracle* as imagens figurativas aparecem apenas no texto; as imagens desenhadas sob efeito da droga não traduzem nenhuma figura identificável, são imagens não retinianas e não miméticas, que não representam o mundo visível. Mas também não aderem à pura abstração, desgarradas inteiramente do corpo e do mundo empírico das sensações. Sob efeito da mescalina, Michaux entra numa passividade criativa, desenha com o sistema nervoso, conectando a mão diretamente ao músculo da mente. Jean Starobinski acredita que a isso se deve fundamentalmente o fato de nos deixarmos penetrar com facilidade por essas imagens: "Elas parecem corresponder à verdade de nossas fibras, ao funcionamento de nosso sistema nervoso".[15] E, no entanto, essa ligação direta com a turbulência do nosso "espetáculo mental" não é puro caos visual; inclusive muitos dos desenhos da mescalina tendem a certa simetria, e se erguem em torno de uma espinha dorsal. Outros são mais arborescentes, feitos de microlinhas dramaticamente retorcidas que avançam e recuam e se ramificam em várias direções. Diante dessas imagens, temos a impressão de presenciar o movimento infinito de um sujeito que trabalha à própria revelia. A frase "Deixei crescer em mim meu inimigo", que abre o poema "A vida dupla",[16] de *Épreuves, Exorcismes* (1946), ajuda a iluminar o estilo da mescalina, os gestos repetitivos de um corpo em aflição, em tensão com seus impulsos nervosos.

14 Refiro-me especialmente ao belo livro *Anachronisme*.
15 Starobinski. Témoignage, combat et rituel. In: *Cahier de L'Herne – Henri Michaux – n. 8*, p. 355.
16 Michaux. *Œuvres complètes – Tomo I*, p. 820.

Ao materializar com extrema lucidez a imaterialidade do pensamento alucinado, Michaux cria um tipo de visualidade literal do sujeito que se desagrega, esse sujeito que se torna o "espectador incorruptível" do próprio delírio. Como se sabe, a via tóxica não é um sistema seguro de revelações, e na quarta ingestão da droga, por um erro de dosagem, Michaux experimenta bem de perto o risco de enlouquecer:

> O horror era sobretudo que eu era apenas uma linha. Na vida normal somos uma esfera, uma esfera que descobre panoramas. (...) Aqui somente uma linha. Uma linha que se parte em mil aberrações. Nesse momento de despossessão radical, não resta nem a possibilidade de apego ao lugar-comum das emoções: Emoção? Eu nem podia recuar sobre uma emoção. (...) Percebi dez dias depois enquanto assistia a um drama vulgar no cinema e senti uma emoção que penetrou meu peito. Nos dias de horror, eu havia esquecido esse caminho, esse conforto.[17]

É sempre possível conceber uma arte que abdique da lucidez e do controle de seus instrumentos em nome do fulgor de uma linguagem espontânea. Não há nada disso em Michaux. No miserável milagre da mescalina não há heroísmo, nenhuma noção ingênua de liberdade. Quando muito, há o "gozo mórbido" de que falava Baudelaire, momentos violentos de explosão criativa, embora a própria ideia de criatividade pareça insuficiente quando nos colocamos diante dessa obra. Os desenhos da mescalina atestam um estado de perturbação atroz, tão próximo do aprisionamento quanto da dispersão total de si mesmo, e nessa constante oscilação revelam o emocionante encontro do homem com a potência dos pensamentos débeis, a delícia e o calvário de sua elasticidade interior.

17 Michaux. *Œuvres complètes – Tomo I*, p. 739.

Referências

BERTELÉ, René. Notes pour un itinéraire de l'oeuvre plastique d'Henri Michaux. Paris, *Cahier de L'Herne – Henri Michaux*, n. 8, 1966.

BLANCHOT, Maurice. L'ange du bizarre. In: ______. *Henri Michaux ou le refus de l'enfermement*. Tours: Farrago, 1999.

MICHAUX, Henri. *Ailleurs*: Voyage en Grande Garabagne; Au Pays de la Magie; Ici Poddema. Paris: Gallimard, 1948.

MICHAUX, Henri. Connaissance par les gouffres. In: ______. *Œuvres complètes – Tomo III*. Ed.: Raymond Bellour. Paris: Gallimard, 2004. (Bibliothèque de la Pléiade, 499)

MICHAUX, Henri. Cronologia. In: ______. *Œuvres complètes – Tomo II*. Ed.: Raymond Bellour. Paris: Gallimard, 2001. (Bibliothèque de la Pléiade, 465)

MICHAUX, Henri. La Vie dans les plis. In: ______. *Œuvres complètes – Tomo II*. Ed.: Raymond Bellour. Paris: Gallimard, 2001. (Bibliothèque de la Pléiade, 465)

MICHAUX, Henri. *Portrait des meidosems*. Paris: Les Éditions du Point du Jour, 1948. (Ed. bras.: *Retrato dos meidosems*. Trad.: Ricardo Corona. Florianópolis: Cultura e Barbárie; Curitiba: Medusa, 2022.)

MICHAUX, Henri. Qui je fus. In: ______. *Œuvres complètes – Tomo I*. Ed.: Raymond Bellour. Paris: Gallimard, 1998. (Bibliothèque de la Pléiade, 439)

STAROBINSKI, Jean. Témoignage, combat et rituel. Paris, *Cahier de L'Herne – Henri Michaux*, n. 8, 1966.

TARKOS, Christophe. *Anachronisme*. Paris: P.O.L Éditeur, 2001.

"NASCI FURADO": FICCIONALIZAÇÃO E (DES)FIGURAÇÃO DO EU

Nasci furado

Sopra um vento terrível.
É só um buraquinho no meu peito
mas sopra lá dentro um vento terrível.
(...)
Ah, como se está mal na minha pele!
(...)
E é a minha vida, a minha vida pelo vazio.
Se desaparece, este vazio, procuro-me,
[assusto-me e é ainda pior.

Henri Michaux

Num texto de 1984, Roland Barthes afirmava que nenhum romancista consegue escrever antes de escolher "a pessoa profunda de sua narrativa". Na verdade, Barthes partia dessa assertiva para interrogar a extrema ambiguidade do narrador na obra de Jean Cayrol, apresentado de forma indecisa, uma pessoa indefinida, como se o autor não tivesse escolhido a persona que viria a sustentar as enunciações do romance. "O homem cayroliano", diz Barthes, "mal chega a ser um personagem, não dispõe de nenhuma certeza pronominal."[1] O que intriga e fascina Barthes na escrita de Cayrol é a malemolência da voz narrativa, o modo como ela se coloca e se furta, mas Barthes vê nessa extrema mobilidade

1 Barthes. *O rumor da língua*, p. 231.

vocal um contraponto ao que chama de imaginação visual dos escritores e dos poetas. Embora ele faça questão de separar (nesse ensaio) o eu do poeta da voz do narrador, essa percepção da voz como "indecisão de origem" propicia uma ficcionalização do eu que está muito próxima das dinâmicas de figuração do eu na escrita poética.

Se a escritura, como sugerem inúmeros pensadores do século XX, não se ancora numa subjetividade acessível nem pertence plenamente àquele que escreve, por que a escrita do poema seria organizada por um eu mais estável ou identificável do que a voz flutuante de Cayrol? Numa famosa conferência, a poeta austríaca Ingeborg Bachmann definia a voz da escrita em termos de um *eu sem garantia*, uma constelação, dizia ela, uma espécie de encruzilhada cujo núcleo não é reconhecível na sua composição. Se aceitarmos então que a escritura não é a expressão pretensamente plena de uma subjetividade constituída antes, atrás ou fora da linguagem, e se aceitarmos igualmente que ela libera uma vida que afeta irremediavelmente não apenas o leitor, mas também aquele que escreve, de que maneira abordá-la, como lê-la? Essa pergunta perturbou boa parte do pensamento crítico do século XX e chega a nós acrescida de outros questionamentos que põem em xeque os limites e extensões do eu que a escrita sustenta ou vice-versa. Postas em crise as noções de expressividade e interioridade, a linguagem passou a ser vista como um campo de experimentação mais complexo e ardiloso, seja para os teóricos que tratam da narrativa, seja para os estudiosos da poesia. Surgiu assim uma série de reflexões em torno das marcas do autor na escrita; no entanto, chama atenção o fato de boa parte delas terem como objeto textos narrativos, deixando de lado a produção poética e a discussão em torno da noção de eu lírico.

Não se trata aqui de tentar restabelecer uma tipologia rígida opondo poesia e narrativa, mas sim de questionar, um pouco mais detidamente, a dinâmica do eu na escrita do poema e os modos como a crítica vem buscando abordar a inflexão lírica em suas relações com a autobiografia e a ficção.

A emergência da noção de *lyrishes Ich* no debate literário

Conforme esclarece Dominique Combe no ensaio "La référence dédoublée" (1996), a hipótese de um eu lírico ocupa um espaço bastante significativo na história da crítica e da teoria literária alemã, enquanto nos domínios francófono e anglófono a reflexão em torno dessa noção foi infinitamente menos produtiva. Segundo Combe, isso se deve ao fato de que na Alemanha coube em grande parte à poesia romântica vibrar o diapasão da modernidade literária. Assim, o debate mais propriamente conceitual em torno de uma ideia de subjetividade lírica teria surgido no âmbito do romantismo alemão (Schlegel), tendo em Hegel seu porta-voz determinante. Quando, nos *Cursos de estética*, Hegel[2] define a subjetividade lírica em oposição às vozes retóricas da épica e do drama, define por alguns séculos a leitura do lirismo na clave da escrita confessional, introvertida, expressão profunda de um eu. Esse eu expressivo delineado por Hegel foi mais tarde identificado com a própria subjetividade do autor, inaugurando uma vertente biografista de compreensão da lírica, voltada para o problema da autenticidade e da veracidade da enunciação. Se o eu lírico e o sujeito real (o poeta) constituem uma só subjetividade, passa-se a uma

2 Ver: Hegel. *Cursos de estética – v. IV.*

concepção ética e moral de enunciação, pois, para que o sujeito empírico corresponda ao eu lírico, é preciso que se estabeleça um pacto de sinceridade e de responsabilidade. Como assinala Combe, foi precisamente essa perspectiva confessional da lírica que levou Baudelaire a ser condenado pelos poemas de *Les fleurs du mal.* Até então, a questão do artifício e da ficcionalização do eu no poema não era levada em conta pela crítica; a leitura do poema era articulada a partir da autenticidade implícita do eu lírico, identificando nos versos o produto legítimo da vida, os desejos e a experiência do poeta.

Como afirma o crítico francês Dominique Rabaté, a discussão sobre o sujeito lírico se inscreve no "retorno do sujeito" que o estruturalismo teria evacuado, mas que ressurge agora no centro de debates em campos diversos, e não apenas no literário. Para Rabaté, esse retorno não seria uma "restauração" ou recuperação, pois o interesse agora é antes abordar o sujeito como questão móvel, contraditória, partindo da ideia de que a subjetividade que emerge do poema é irredutível e nunca estável.

O debate contemporâneo em torno da subjetividade lírica toma impulso, de forma geral, na revisão crítica da abordagem hegeliana da lírica. Em oposição ao entendimento hegeliano da lírica como expressão do eu, recupera-se uma outra tradição de leitura (Hölderlin, Nietzsche), que concebeu a enunciação em primeira pessoa como disjuntiva e precária, inspirada na ideia de que a linguagem sempre falha ao dizer "eu". No quinto capítulo de *O nascimento da tragédia*, Nietzsche pergunta de que modo o poeta lírico poderia existir fora da ordem hegeliana de objetividade e subjetividade. O ponto principal do desafio colocado por Nietzsche reside na difícil conciliação entre o eu que enuncia o poema e a exigência de uma poesia que promova "a libertação das malhas do 'eu' e o emudecimento de toda apetência e vontade individuais".[3] É na tentativa de responder a essa conciliação impossível que Nietzsche oferece uma reinterpretação original da divisão dos gêneros retóricos, associando o lirismo ao delírio dionisíaco. Para ele, no processo dionisíaco o artista se despoja de sua subjetividade e, fora de si, produz imagens que são objetivações do seu ser, mas nunca expressões de sua interioridade. "O 'eu' lírico soa portanto a partir do abismo do ser: sua 'subjetividade' no sentido dos estetas modernos é uma ilusão."[4] Também Hölderlin, em seu texto "Sobre o modo de proceder do espírito poético", fala da necessidade – para que haja estado poético – de desidentificação e abstração de si mesmo e de um descolamento da "esfera exterior". Tanto para Nietzsche quanto para Hölderlin, como mostra Martine Broda em seu livro *L'Amour du nom*, o eu lírico é submetido a uma reabsorção no mundo que o ultrapassa como indivíduo. Longe de entender o lirismo como efusão sentimental, os dois procuraram tomá-lo em sua dimensão ao mesmo tempo sublime e terrível, numa relação sempre tensa com a perda de si.

A linguagem sempre falha ao dizer "eu"

O questionamento dessa crença biografista se intensifica no contexto da crítica alemã atrelado a um debate mais amplo sobre as relações entre literatura e vida. Em 1910, Margarete

3 Nietzsche. *O nascimento da tragédia*, p. 43.
4 Nietzsche. *O nascimento da tragédia*, p. 44.

Susman publica um livro no qual questiona francamente a identificação entre eu lírico e autor empírico. De certo modo, o livro de Susman *Das Wesen der Modernen Deutschen Lyrik* [A natureza da poesia lírica alemã moderna] dá início ao movimento de desrealização ou despersonalização do eu lírico, que seria retomado por Hugo Friedrich em seu famoso *Estrutura da lírica moderna*. Ainda que exista um desejo crítico de interpelar a experiência que funda a escrita do poema, de modo geral é a compreensão de uma subjetividade problemática que prevalece hoje nas discussões em torno do eu lírico.

É da percepção de que o eu da enunciação nunca é pleno nem estável que surgem algumas das mais interessantes releituras críticas da poesia. Já não é possível aderir à afirmação de que o poeta é um outro escondido atrás da voz lírica, mas hoje parece também insuficiente deter-se na desaparição elocutória do poeta, proclamada por Mallarmé. O crítico francês Michel Collot (1996)[5] sustenta que o poema lírico, ao menos em sua versão moderna, supõe sempre um sujeito "fora de si". Collot esboça então uma redefinição do sujeito lírico, agora entendido como um gesto ou uma dinâmica de "saída de si". Sem abdicar da noção de lirismo, o crítico procura situar a discussão sobre o sujeito lírico na contracorrente dos estudos clássicos sobre o eu lírico. Ele se propõe a reler essa questão em confronto com a clássica definição hegeliana de lirismo, que via no eu lírico (em oposição ao narrador épico) um mundo subjetivo, fechado em si mesmo, cujas circunstâncias exteriores seriam apenas um pretexto para a expressão dos estados da alma de uma

5 Collot. Le sujet lyrique hors de soi. In: Rabaté (org.). *Le sujet lyrique en question.*

interioridade. Hegel admitia que um evento/acontecimento externo poderia ser útil à emergência da voz e do sentimento lírico, e exemplificava essa ideia com "os povos do Norte", que precisam de coisas e objetos para fazer emergir a alma. O outro exemplo oferecido por Hegel é o do lirismo sublime dos Salmos, que supõe um eu "fora de si". Para Collot, esse estado "fora de si" não constituiria uma exceção ou apenas um caso, mas uma marca do lirismo moderno.

Collot retoma a teoria platônica segundo a qual o poeta seria alguém fora do próprio controle, na medida em que é possuído por uma instância que estaria alojada ao mesmo tempo no mais íntimo e no mais radicalmente externo a ele. Esse movimento de possessão e despossessão é que irá interessar a Collot. Ou seja, o eu lírico sustenta sua voz ao deixar-se possuir por um outro, Deus (poesia mística) ou ser amado (poesia erótica), pelo tempo (poesia elegíaca) ou pelo "chamado do mundo", que mobiliza o poeta cósmico. O próprio canto seria muito mais algo que atravessa o poeta do que algo que se origina nele. Assim, Collot conclui que haveria uma espécie de "passividade" fundamental na posição lírica que pode ser entendida também como um tipo de assujeitamento. A questão que surge então é: quando a linguagem se desencanta, ou seja, quando não é mais possível cantar um Deus ou um ser ideal, quando o impulso na direção de um outro perde o fundamento transcendental, não estaríamos diante de um eu lírico simplesmente "alienado"? Segundo Collot, a transcendência teria servido apenas como máscara, pois todo poeta (tanto o clássico quanto o moderno) se deixaria levar pelo impulso da língua, do outro, do fora, num movimento que, segundo ele, pode derivar para o êxtase ou para o exílio. Nesse ponto, o eu lírico se distinguiria de uma subjetividade idêntica a si mesma e senhora de si. Para Collot, é na rejeição da ideia cartesiana de que o sujeito coincide consigo, garantindo a integridade de sua identidade, que podemos fazer uma redefinição do sujeito lírico a partir de uma perspectiva contemporânea.

Na mesma direção, o crítico Jean-Michel Maulpoix vem desenvolvendo uma interessante reflexão sobre o sujeito lírico como uma subjetividade recuada de si mesma, ou projetada para longe – sempre descentrada. A esse eu descentrado, Maulpoix denomina voz *extime* (em oposição a *intime*), "um sujeito sempre além ou aquém de si mesmo, e sempre em desequilíbrio".[6] A quarta pessoa do singular permitiria ao sujeito lírico passear livremente pelos pronomes, ora objetivando-se em "ele" ou "ela", ora exilando-se de si mesmo, na direção do "tu" ou do "você" pela força de atração do objeto. O que Maulpoix defende, ao contrário do que tradicionalmente se afirma, é que o lirismo se caracteriza pela valorização delirante do objeto e não pelo mergulho do sujeito lírico na própria subjetividade. Assim, a experiência poética seria sempre de extravio do sujeito pela força arrebatadora do objeto ou pela vertigem da sua ausência.

Maulpoix chega a denunciar um uso, segundo ele, "anacrônico" da expressão "eu lírico" que rejeitaria ou negligenciaria as noções de escritura e de texto, reenviando-nos a uma divisão de gêneros obsoleta. Em contrapartida propõe, tomando emprestada uma noção do poeta norte-americano Ferlinghetti, o termo "quarta pessoa do singular", uma pessoa potencial que, segundo ele, traduziria melhor essa situação de enunciação de um eu que se apodera da própria perda de substância, da própria indeterminação. Essa quarta pessoa

6 Maulpoix. La quatrième personne du singulier – Esquisse de portrait du sujet lyrique moderne. In: Rabaté (org.). *Figures du sujet lyrique*, p. 154.

não é nem o eu autobiográfico nem o "tu" do diálogo dramático, e tampouco o "ele" épico ou romanesco, mas sim uma pessoa potencial que passeia por entre essas várias instâncias. A quarta pessoa pode referir-se a ela mesma como "ele", num movimento de "objetivação do sujeito" (Nietzsche, em *A origem da tragédia*, comentava esse procedimento), de recuo crítico em relação à sua subjetividade. Quando esse movimento se torna um ritual de luto, vamos ver emergir um sujeito melancólico, que trataria a si mesmo como "objeto perdido", convertendo o poema numa espécie de túmulo. Mas o que interessa aqui é a noção de um eu elástico ou quarta pessoa do singular como um modo contemporâneo de, ao mesmo tempo, reativar a discussão em torno da subjetividade poética e tentar superar a ideia de "desaparição elocutória do poeta" proclamada por Mallarmé, ou, ao menos, procurar outras ferramentas críticas que já não se contentem com a ideia de desaparição elocutória para explicar a dinâmica do eu em poesia.

A ficção como desfiguração do eu na poesia de Michaux

A partir da colocação das discussões atuais sobre o lirismo, a obra do poeta Henri Michaux pode servir como um exemplo provocador das dinâmicas de articulação do eu no espaço do poema. Belga naturalizado francês já adulto, Michaux é autor de uma obra bastante extensa, que se inicia em 1927 com a publicação de *Qui je fus*, pela Gallimard – depois de ter publicado alguns textos em revistas (como a *Le Disque Vert*) na década de 1920 – e termina com *Fille de la montagne*, de 1984, sem falar nos inúmeros textos inéditos incluídos na edição de suas obras completas, publicada em 2004 para a Bibliothèque de la Pléiade.

A escrita assume contornos particulares na obra de Michaux e revela de que modo no poema o eu "cava a sua própria indeterminação".[7] O poeta despreza a escrita como instrumento de construção de si, afirmando-a, ao contrário, como um exercício de apagamento das figurações que atormentam o eu. Muitos críticos de sua poesia salientaram a peculiaridade da inscrição do eu em seu texto, chamando atenção para o movimento infinito e muitas vezes contraditório com que a subjetividade emerge no poema. Para Jean-Pierre Martin, autor de *Henri Michaux – Écritures de soi, expatriations*, Michaux estaria à procura "de uma formulação do eu capaz de liberá-lo de suas obsessões narcísicas".[8] De forma semelhante, Laurent Jenny afirma que a poesia de Michaux propicia um "descolamento das simbolizações de si", simbolizações estas que viriam a estabilizar e encerrar o sujeito numa imagem.

Michaux escolheu interrogar precisamente o furo, a precariedade da voz que sustenta o poema, evacuando da vida o caráter anedótico e, com isso, evitando tudo o que contribui para a construção de uma identidade que consegue debruçar-se sobre si mesma e extrair algo solidamente transmissível. Não há relato de vida nessa poesia, mas sim da vida em suas figurações mais inquietantes, o importante é não se deixar capturar: "O homem – seu ser essencial – é apenas um ponto. É apenas esse ponto que a Morte devora. Ele deve, portanto, ter o cuidado de se ver cercado".[9] Assim,

7 Jenny. Fictions du moi et figurations du moi. In: Rabaté (org.). *Figures du sujet lyrique*, p. 101.
8 Martin. *Henri Michaux – Écritures de soi, expatriations*, p. 226.
9 Michaux. *Œuvres complètes – Tomo I*, p. 431.

a escrita funciona como uma força de abertura, de não se deixar circunscrever. Algo semelhante acontece com o eu nessa poesia, e mesmo a vida é submetida a um descolamento – não será mais a vida do sujeito, mas algo que o ultrapassa, que pode até atropelá-lo.

Você parte sem mim, minha vida.
Você gira,
E eu ainda espero dar um passo.
Você trava noutras partes a batalha.
Você me deserta assim.
Jamais te segui.[10]

A irredutibilidade do eu torna o espaço do poema um encontro com uma recusa, recusa do fechamento, recusa do pacto referencial, recusa da continuidade de espaço, como quando o poeta fala de ondas solitárias, desgarradas do oceano, as quais o viajante numa grande estrada pode encontrar, chamando esse fenômeno de "caso de espontaneidade mágica". O eu em Michaux se alimenta da irredutibilidade da tensão entre o real e o irreal, entre o mesmo e o outro, entre o familiar e o estranho. Daí surge igualmente o interesse do poeta pela sensibilidade infantil e, a partir dos anos 1950, pelos estados alterados de consciência. Através do uso de drogas, especialmente da mescalina, Michaux registra as modulações de uma vida que transborda os limites do eu e do corpo que escreve, produzindo uma visibilidade não mais ligada aos olhos, ao olhar (e, portanto, não mais vinculada a uma imagem narcísica de si), mas sim aos movimentos frenéticos do cérebro.

10 Michaux. *Œuvres complètes – Tomo I*, p. 462.

Os *meidosems*: em busca da turbulência infinita, desfigurações

O sujeito que escreve é sempre uma “derivada”, afirmou Deleuze, “ele nasce e se esvai na espessura do que se diz, do que se vê”, daí que o escritor como “identidade” seja o bloqueio desse movimento. De fato, não estamos muito longe do interesse de Michaux pelas medusas e os polvos, animais cujos corpos são, ao mesmo tempo, monstruosos e proteiformes. Há, em sua poesia, incontáveis exemplos de formas multiformes, irremissíveis – “festa de manchas”[11] que conjuram a forma adulta, acabada, do homem: “O que é pior do que ser acabado?”,[12] pergunta-se o poeta. Essa poesia visa precisamente ao homem que não cabe mais nos limites da carne; um homem furado cuja incompletude deve ser buscada não no pensamento já formado, mas no desejo cinético dos próprios signos, em sua infinita turbulência. Dentre as formas maleáveis que habitam sua poesia, as mais instigantes talvez sejam os *meidosems* e as *meidosemmes*, seres elásticos e perfuradores, ao mesmo tempo embrionários e supercomplexos. Sem rosto e sempre em perda de substância, excedem tanto a classificação da história natural quanto os limites físicos da fisionomia que o próprio poeta desenha ao longo dos poemas, daí a grande ironia do título dedicado a essas criaturas, *Portrait des meidosems* [Retrato dos meidosems]: “Nós apenas conseguimos entrever os *meidosems*”.[13] Essas criaturas vivem os calvários e as delícias da falta de forma fixa: “A elasticidade extrema dos *meidosems* é a fonte do seu gozo.

11 Michaux. *Œuvres complètes – Tomo II*, p. 438.
12 Michaux. *Œuvres complètes – Tomo II*, p. 302.
13 Michaux. *Œuvres complètes – Tomo II*, p. 214.

Das suas tristezas também".[14] Aqui, a perda de substância é trabalhada nos limites da imagem, nas passagens "de uma bruma a uma carne".[15] A proliferação de características dos *meidosems*, em vez de formar um retrato saturado, impede que uma imagem única e conclusiva seja fixada: eles podem ser nós indivisíveis, erupções, oblíquos, em pedaços estropiados que cantam, podem ser feitos de pavilhões, de alma, de filamentos, podem mover-se em cascatas, podem dobrar-se, suas patas não estão presas na bacia, e eles não têm ossos.

> Viram bolhas para sonhar,
> Viram cipós para se comover.
> Apoiada contra uma parede, uma parede que aliás ninguém tornará a ver, ali está uma forma traçada
> por uma longa corda. Ela se enlaça.
> E é só. É uma *meidosemme*.
> Ela espera.
> Dias, anos, venham então. Ela espera.[16]

Em "Fictions du moi et figurations du moi", Laurent Jenny analisa as oscilações entre figuração e ficção na poesia de Henri Michaux partindo do exemplo dos *meidosems*. Para Jenny, os escritos de Michaux

> propõem formas ambíguas de enunciação, oscilando entre ficções do eu e figurações do eu. Parece-[lhe] que tais declarações, mais do que "transgredir" os limites do gênero movidas por um desejo subversivo, buscam restaurar um espaço "original" da subjetividade poética, onde ela vacila entre se

14 Michaux. *Œuvres complètes – Tomo II*, p. 203.
15 Michaux. *Œuvres complètes – Tomo II*, p. 214.
16 Michaux. *Œuvres complètes – Tomo II*, p. 214.

tornar uma ficção de suas próprias figuras e, mais uma vez, tornar-se uma figura de suas ficções.[17]

Desse modo, em Michaux a enunciação lírica admite a própria precariedade e se vale dela, "admite que é parcial e que a voz que ela adota é uma figura".[18] Jenny vê nos *meidosems* e nas *meidosemmes* de Michaux um exemplo dessa nova maneira de figurar, por intensificação das ambiguidades. Os *meidosems* de Michaux constituiriam assim um exemplo de escrita poética que transforma aquilo que é irrepresentável em algo infinitamente representável, daí as incessantes e contraditórias formas de ser e de estar dessas criaturas.

> A essência do Meidosem é uma ausência radical do ser ou da propriedade. O Meidosem não tem corpo próprio e menos ainda uma forma própria. A impropriedade de suas formas de aparição é manifesta. Todas as suas aparições são também impasses anatômicos.[19]

Desfigurações *versus* mitomanias

No belo ensaio que dedica às desfigurações poéticas de Henri Michaux, Evelyne Grossman refere-se ao risco que a escrita, nesse caso, implica: "Escrever supõe assumir o risco de uma despersonalização".[20] Grossman sustenta que desfi-

17 Jenny. Fictions du moi et figurations du moi. In: Rabaté (org.). *Figures du sujet lyrique*, p. 99.
18 Jenny. Fictions du moi et figurations du moi. In: Rabaté (org.). *Figures du sujet lyrique*, p. 100.
19 Jenny. Fictions du moi et figurations du moi. In: Rabaté (org.). *Figures du sujet lyrique*, p. 101.
20 Grossman. *La défiguration – Artaud, Beckett, Michaux*, p. 92.

gurar é sempre uma questão de geração, de engendramento: "Tentemos pensar uma procriação que não reproduza mas que se abra a novas 'possibilidades de vida'".[21] Desfigurar será, assim, esse infinito movimento de figurar-desfigurar, e não um simples aniquilamento da figura ou das formas reconhecíveis de que a língua dispõe para ser transitiva:

> A desfiguração (...) será, portanto, a força de desestabilização que afeta a figura, tumultua seus contornos estratificados e a devolve a essa energia paradoxal que Artaud pode chamar com Edgar Poe (um de seus "*frères humains*") de *a morte viva* – a vida, na inversão lógica que opera Artaud, não sendo mais do que o êxtase da morte infinita, essa energia inesgotável.[22]

O que parece mobilizar os jogos de figuração/ficcionalização do eu no poema não é tanto a discussão sobre o apagamento dos limites entre o ficcional e o real. Os procedimentos autoficcionais em Michaux, e talvez também em outros poetas, não visam tanto à construção de um imaginário de si, mas à desfiguração e à conjuração de imagens normativas do sujeito. Essa desfiguração implica sempre a proposição de outros processos de subjetivação, e não a simples aniquilação da subjetividade a favor de uma defesa da ausência de sujeito no texto. A própria ideia de eu lírico parece ter sido retomada nas últimas décadas em oposição à rigidez do eu autobiográfico, colocando-se como alternativa à leitura biografista da poesia. Nesse sentido, me parece que, hoje, aquilo que vale como problema teórico para a abordagem da subjetividade que emerge no poema valerá igualmente para a discussão em torno das narrativas

21 Grossman. *La défiguration – Artaud, Beckett, Michaux*, p. 13-14.
22 Grossman. *La défiguration – Artaud, Beckett, Michaux*, p. 19.

em primeira pessoa, mas talvez diferindo da tônica das autoficções no sentido de não se interessar pela construção do mito do escritor, o que seria, da perspectiva de Michaux, um permanecer na obsessão narcísica do eu, ainda que de forma mais ambígua e sofisticada. Quando Michaux faz do poeta um "esportista de cama", está muito mais interessado em conjurar mitos e adentrar os processos criativos que o escrever envolve. Num texto intitulado "Recherche dans la poésie contemporaine", Michaux afirmava: "Todo poeta conhece essa impressão rara: de repente e inteiramente se descolar da humanidade e entrar num mundo que não deve nada a ninguém".[23] A dinâmica do eu no poema não visa à construção de uma imagem, mas sim ao gesto de sua infinita desfiguração, como propõe Grossman. A escrita do poema entendida como escrita da desfiguração realiza, antes de mais nada, um trabalho erótico, "uma paixão pela invenção de novas formas de ligação",[24] novas conexões entre as formas, entre os afetos, entre os corpos. Trata-se de propor uma relação com o presente que passe pela abertura de suas potencialidades, não o presente factual ou circunstancial, mas o presente em sua espessura de abismo e de invenção. O que a escrita do poema afirma, talvez de modo singular, ou pelo menos com certa insistência, é a extrema mobilidade do eu e um desejo de abertura. Como nos *meidosems* ou no Monsieur Plume de Michaux, através de figurações indefiníveis – nem sujeito, nem objeto, nem personagem propriamente dito – surgem passagens quase sempre indiscerníveis entre um sujeito metonímico (prolongamento/figuração da subjetividade do autor) e um sujeito

23 Michaux. *Œuvres complètes – Tomo II*, p. 981.
24 Grossman. *La défiguration – Artaud, Beckett, Michaux*, p. 48.

fictício, produzindo o sujeito que diz “nasci furado” e que, longe de se apresentar como um eu previamente constituído, irá performatizar, no poema, sua interminável constituição.

Referências

BARTHES, Roland. *O rumor da língua*. Trad.: Mario Laranjeira. São Paulo: Martins Fontes, 2004.

BRODA, Martine. *L'amour du nom*. Paris: José Corti, 1997.

COLLOT, Michel. Le sujet lyrique hors de soi. In: RABATÉ, Dominique (Org.). *Le sujet lyrique en question*. Paris: PUF, 1996.

COMBE, Dominique. La référence dédoublée e Figures du sujet lyrique. In: RABATÉ, Dominique (Org.). *Le sujet lyrique en question*. Paris: PUF, 1996.

GROSSMAN, Evelyne. *La défiguration – Artaud, Beckett, Michaux*. Paris: Minuit, 2004.

HEGEL, Georg W. F. *Cursos de estética – v. IV*. Trad.: Marco Aurélio Werle e Oliver Tolle. São Paulo: Edusp, 2004.

HÖLDERLIN, Friedrich. Sobre o modo de proceder do espírito poético. In: DASTUR, Françoise. *Reflexões – Seguidas de Hölderlin, tragédia e modernidade*. Trad.: Marcia C. de Sá Cavalcante. Rio de Janeiro: Relume Dumará, 1994.

JENNY, Laurent. Fictions du moi et figurations du moi. In: RABATÉ, Dominique (Org.). *Figures du sujet lyrique*. Paris: Presses Universitaires de France, 1996.

MARTIN, Jean-Pierre. *Henri Michaux – Écritures de soi, expatriations*. Paris: José Corti, 1994.

MAULPOIX, Jean-Michel. La quatrième personne du singulier – Esquisse de portrait du sujet lyrique moderne. In: RABATÉ, Dominique (Org.). *Figures du sujet lyrique*. Paris: PUF, 1996.

MICHAUX, Henri. *Œuvres complètes – Tomo I*. Ed.: Raymond Bellour. Paris: Gallimard, 1998. (Bibliothèque de la Pléiade, 439)

MICHAUX, Henri. *Œuvres complètes – Tomo II*. Ed.: Raymond Bellour. Paris: Gallimard, 2001. (Bibliothèque de la Pléiade, 465)

NIETZSCHE, Friedrich. *O nascimento da tragédia*. Trad.: J. Guinsburg. São Paulo: Companhia das Letras, 2007.

SUSMAN, Margarete. *Das Wesen der Modernen Deutschen Lyrik*. Stuttgart: Strecker & Schröder 1910. (Kunst und Kultur, 9)

PEQUENOS FOGOS, LIVROS SEM SAÍDA E SAÍDAS POR ÁGUA: UM TEMPO LENDO ALEJANDRA PIZARNIK

Não me ocorre lembrar com precisão através de quem tomei conhecimento da existência de Alejandra Pizarnik, mas creio que aconteceu no início dos anos 2000, enquanto ainda cursava a Faculdade de Letras da Universidade do Estado do Rio de Janeiro (Uerj). Havia na cidade naquele momento, dentro do círculo de poetas e jovens aspirantes a escritor, no qual eu me incluía, um animado intercâmbio de sugestões de leitura em que a literatura latino-americana contemporânea, em particular a argentina, chamava atenção de maneira especial. Não posso deixar de mencionar a presença decisiva naquele momento, final dos anos 1990, do poeta e hoje editor Aníbal Cristobo, que trazia notícias fresquinhas da poesia argentina e introduziu para o grupo ligado e atento à revista *Inimigo Rumor* autores como Liliana Ponce e Andi Nachon, a revista *Tsé Tsé* e um escritor até então para mim apenas misterioso chamado César Aira.

Embora não fosse uma escritora contemporânea viva e sua poesia estivesse atravessada por uma tentação do absoluto e pela inflexão moderna de uma linguagem depurada e quase transparente de tão intensiva, acredito que Pizarnik tenha chegado até mim nesse contexto de "descobrimento" da poesia argentina contemporânea, e que eu a tenha tomado como uma figura mais próxima e atual do que distante e anacrônica. Esse ambiente de recepção foi importante por permitir que eu a lesse como uma poeta em certo sentido "disponível", e não enredada nas tensões entre leituras canônicas e contracanônicas de sua obra, como talvez fosse o caso no contexto argentino. O que posso afirmar hoje com toda a certeza, numa visão retrospectiva, é que sua adesão e sua ambição líricas, tanto quanto a vertigem a que nos conduz com uma linguagem que gira em espiral, foram decisivas para minha compreensão das possibilidades do lirismo e da potência anacrônica do poema.

Embora seja muitas vezes lida na clave biografista, a poesia de Pizarnik se faz em intenso e vertiginoso diálogo com outras vozes poéticas que ela incorpora e fagocita, macerando e revolvendo certos versos ou *tópos* até seu esvaziamento ou contradição, como se a poesia fosse um ato de leitura ao mesmo tempo crítico e passional, que coloca o sujeito da leitura em risco. Há um modo de incorporação por eco em que ela vai esgarçando o texto alheio até o ponto de decepção. Esse diálogo privilegia bastante a literatura francesa, com a qual ela mantinha uma intimidade crítica bem particular; autores como Breton, Reverdy, Lautréamont e Rimbaud são cruciais nesse jogo com os mortos. Do surrealismo francês, ela é atraída pelos processos de dessubjetivação e pelo tom mórbido e noturno, em que o mito de Lautréamont tem um peso maior. Mas creio que é das leituras de Breton que sua escrita mais extrai recursos. A ideia de um encontro falho, o "encontro que não houve" que atravessa todo o livro *Nadja*, é particularmente frutífera. Em sua leitura da obra, Pizarnik ressalta que no bosque onde um encontro deveria acontecer os personagens não entram, caminham ao seu redor, mas não entram, não conseguem entrar, o que a conduz à conclusão:

> É provável que a condição de poeta o leve, entre outras coisas, a assumir o papel de fantasma (...). Um dos "trabalhos

forçados" desse fantasma poderia consistir em circular incessantemente numa floresta na qual não pode entrar, como se a floresta fosse um lugar proibido.[1]

Tomar o poeta por fantasma ou por um sujeito não existente e atribuir-lhe uma tarefa impossível deixa de ser apenas uma tradução de tormentos íntimos para se tornar um projeto literário, uma aventura negativa para a qual conta sobretudo levar a linguagem da poesia – com suas noites e luas e bosques – até o desgaste que revela o informe e um vácuo de sentido radical.

Depois dos poemas, o diário. Espécie de segundo convívio intensivo. Fascínio por sua atração baudelairiana pelo rés do chão, pelo obsoleto, também pelas pessoas obsoletas, pelos olhares fulminantes dos moradores de rua, pelas bonecas abandonadas, pelo modo como ela descreve seus trajetos de ônibus por Paris quando lá vivia. Fascínio mas também aflição diante do tom autoderrisório de certas passagens; a "sujeira" subjetiva dos diários ao mesmo tempo produz um alívio diante da limpidez dos poemas e reforça a imagem de uma escritora obcecada pela literatura e seus mitos modernos, de uma modernidade mais romântica que vanguardista.

O farto diário de Pizarnik interessa tanto pelo que expõe de sua consciência crítica quanto como testemunho de uma tensão lancinante entre uma subjetividade inspirada – entusiasmada, dotada por vezes de um tipo de curiosidade cultural ora barroco, ora renascentista, certamente moderno – e a perturbação melancólica, com todos os golpes abruptos de esvaziamento, de deserção do interesse pelo mundo (e

1 Pizarnik. Releitura de *Nadja*, de André Breton. In: *Prosa completa*, p. 301.

pelo mundo literário), de crise do sujeito do desejo cuja consequência imediata é a emergência de um tom terrivelmente sarcástico. Nesses momentos de verve implacável contra si mesma e suas fantasias literárias, Pizarnik joga o mito do poeta romântico contra a sujeira da vida cotidiana. Lembro-me de um trecho dos diários em que a poeta registra alguns pensamentos sobre suicídio – pensamentos que não são apenas uma hipótese anódina da imaginação, mas uma espécie de preparo, de véspera, de ensaio. Ocorre que na frase seguinte ela diz a si mesma que é impossível suicidar-se com tantas calcinhas por lavar, e imagina a cena do dia seguinte ao de sua morte, a devassa em seu quarto vergonhosamente desarrumado.

A mesma Pizarnik tão atraída pelo trabalho da negatividade também soube captar a dimensão do humor na linguagem de Cortázar e de Henri Michaux, o que elaborou em artigos para jornais que merecem a leitura. O humor e a música a atraíam como um antídoto, talvez porque em ambos a negatividade da linguagem se transforme em outro tipo de energia vital. Imagino que numa vida longa Pizarnik pudesse ter se dedicado a explorar a relação entre a escrita e o riso; por outro lado, é evidente que sua escrita, inclusive a ensaística, depende também de uma escuta muito musical – mas não no sentido melódico – para os enlaces entre som e sentido. As palavras – que o surrealismo já havia liberado de suas funções convencionais – perdem conexão segura com os referentes e liberam sua potência sonora, reverberam numa espécie de éter, são talismãs meio mágicos meio malignos. Ou, como refletiu em certa ocasião Maurice Blanchot, a palavra "é um objeto que nos leva e que pode nos perder;

tem um valor além dos nossos valores. Podemos nos perder numa tempestade ou num pântano de palavras".[2]

A percepção da linguagem como um objeto enfeitiçado não torna Pizarnik uma poeta maquiavélica, que exploraria de maneira oportunista o mito romântico e a própria depressão para produzir afinal uma poesia de efeitos, cerebral, feita de meros jogos virtuosos de linguagem. Que o lirismo seja algo distinto de uma poética da subjetividade inflada e autoflagelante e que possa, em certos casos, converter-se numa experiência que margeia a loucura e a perda de si não faz dele uma experiência livre de efeitos sérios tanto para quem escreve quanto para quem lê. Pizarnik, sendo uma poeta mulher, diferentemente dos surrealistas franceses, mostra que a fragmentação do sujeito pode se traduzir em uma espécie de desmaio sucessivo em que a linguagem é a espessura fina que recebe o eu incessantemente em queda da escritora. O que se toca ao tocar a morte com a linguagem? A essa pergunta, que ronda diabolicamente seus poemas e seu diário, Pizarnik responde multiplicando os paradoxos que a questão envolve, dando-lhe uma formulação mais difícil: como matar aquilo que nunca teve uma vida plena? Em suma, como matar um fantasma?

A poesia e a morte enlaçadas no ponto de um impossível/possível. Nos poemas, esse encaminhamento é repetitivo, insistente e um tanto quanto sádico; na condição de leitora, experimentei-o como uma espécie de tontura, mas também como um tipo de tortura. Durante um ano inteiro, li mais de trinta vezes o volume *Poesía completa (1955-1972)*, publicado pela editora Lumen e organizado por Ana Becciú, a ponto de me sentir efetivamente aprisionada naquele livro.

2 Blanchot. *A parte do fogo*, p. 97.

Tentava abandoná-lo, mas acabava abrindo-o outra vez, e a leitura recomeçava, em diferentes direções. O aprisionamento no circuito fechado dessa poesia me levou a colocar outras perguntas aos poemas de Pizarnik e ao modo como me atingiam como leitora. Acredito que a dimensão musical da sua linguagem seja crucial para entender esse tipo de envolvimento hipnótico, indo além das identificações que possam existir entre o leitor e os conteúdos reflexivos, estes também certamente musicais e igualmente hipnóticos. Eu não teria competência para fazer semelhante análise, mas se pudesse tentaria pensar em que medida Pizarnik joga com um princípio de reverberação, não no plano metafórico, mas com um sistema – que atravessa toda a sua produção poética – de ecos e de ativação do sentido pelo som e vice-versa.

Mas ainda havia o problema de como parar de ler aquele livro. Já não era mais uma questão de reflexão crítica, e sim uma espécie de mau humor, de irritação com um livro-arapuca, um livro-roda-gigante em um parque de diversões cujo responsável pela parada do brinquedo havia ido embora sem deixar vestígios. Decidi então jogar o livro contra suas próprias imagens de regresso e crueldade. Realizei em 2005 uma videoinstalação intitulada *História antiga*, em que um peixe vermelho agonizava por alguns segundos sobre o livro em questão. Momentos depois, livro e peixe reapareciam submersos na água, as palavras moles e incertas como reflexos macios, o peixe nadando indiferente ao poema. O trabalho era uma resposta ao círculo vicioso de leitura, mas era também um modo de tentar sair do sofrimento da abstração – Pizarnik chega a dizer que é possível morrer por abstração – e de tocar as palavras com o corpo, tratá-las como substância. Felizmente o vídeo teve também um efeito libertador, e há muitos anos não abro esse livro.

Hoje, neste exercício pouco ortodoxo de reflexão sobre Pizarnik, posso afirmar que continuo a me interessar pelo fato de que sua poesia possa ser lida como uma dimensão laboratorial em que a própria escrita se suicida dentro de um sistema de combinatórias que se esgotaria ou estava prestes a se esgotar. Há muito tempo, li o livro de César Aira[3] sobre Pizarnik, em que ele tecia uma série de considerações sobre a poeta e a poesia de Antonio Porchia, o poeta *declassé* com quem ela estabelece um diálogo literário intenso e surpreendente. Se ambos utilizavam as "grandes palavras" da tradição poética, creio que a poesia de Pizarnik subverte o próprio sentido dessa ordem de grandeza na direção daquilo que ela mesma batizou de "pequenos fogos", e é por dentro deles que hoje opto por me aproximar do seu legado: "A cada dia os meus poemas são mais breves: pequenos fogos para quem andou perdida no desconhecido".[4]

Referências

AIRA, César. *Alejandra Pizarnik*. Rosario: Beatriz Viterbo Editora, 2001.

BLANCHOT, Maurice. *A parte do fogo*. Trad.: Ana Maria Scherer. Rio de Janeiro: Rocco, 1997.

PIZARNIK, Alejandra. *Poesía completa (1955-1972)*. Barcelona: Lumen, 2003.

3 Aira. *Alejandra Pizarnik*.

4 Pizarnik. *Poesía completa (1955-1972)*, p. 299.

PIZARNIK, Alejandra. Releitura de *Nadja*, de André Breton. In: ______. *Prosa completa*. Trad.: Nina Rizzi e Paloma Vidal. Belo Horizonte: Relicário, 2025.

AS PALAVRAS, A AUSÊNCIA, ESTE MUNDO

La poésie c'est le lien entre moi et le réel absent.

Reverdy

Las palabras no hacen el amor, hacen la ausencia.

Alejandra Pizarnik

A poesia de Alejandra Pizarnik[1] apresenta uma vocação para o diálogo com outros poetas, que se dá em vários planos. O mais intenso que encontramos é, sem dúvida, o que se estabelece com a literatura francesa, em particular com a poesia de Breton, Reverdy, Lautréamont, Rimbaud. No caso de Breton, a força de atração é tão presente que a proposta poética dele permeia (pois Pizarnik adota para si as referências literárias de Breton e dos surrealistas) praticamente toda a sua produção escrita em prosa. A hipótese na qual se apoia minha leitura é a de que a poeta argentina metaboliza e se apropria do que há de mais mórbido e noturno na experiência surrealista, radicalizando processos de dessubjetivação propostos pelo surrealismo francês.

1 A semelhança entre este ensaio e o anterior não é casual: ambos foram concebidos como exercícios de reflexão articulados entre si. Certos trechos coincidem ou se espelham porque um texto gerou o outro, em um movimento de retomada e desdobramento.

A leitura que Pizarnik faz de *Nadja*, de Breton, é reveladora desse recorte peculiar e "negativo". Em belo ensaio sobre esse romance, incluído em sua prosa completa, Alejandra chama atenção sobretudo para "o encontro que não houve":

> O que não chegou (ou não aconteceu) na hora que deveria chegar (ou acontecer)? O encontro entre Nadja e Breton. Encontro que não aconteceu porque Nadja chegou tarde demais. "Nadja chegou atrasada..."[2]

Depois ressalta que na floresta onde o encontro deveria acontecer os personagens não entram, caminham ao seu redor, mas não entram, não conseguem entrar, o que gera a melancólica conclusão:

> É provável que a condição de poeta o leve, entre outras coisas, a assumir o papel de fantasma (...). Um dos "trabalhos forçados" desse fantasma poderia consistir em circular incessantemente numa floresta na qual não pode entrar, como se a floresta fosse um lugar proibido.[3]

Alejandra se distingue da maioria dos poetas de sua geração pela temática e pelo tipo de tensionamento produzido com a linguagem. Não lhe interessam ruas, a experiência urbana, a realidade imediata e circundante; ela prefere inscrever e macerar sua poesia no campo lírico extremo, indo da linguagem à morte e desta novamente ao poema, até não mais voltar.

Longe da suavidade e da ternura poética de algumas poetas latino-americanas que a antecedem imediatamente, sua escrita é corrosiva, sombria, terrivelmente atravessada

2 Pizarnik. Releitura de *Nadja*, de André Breton. In: *Prosa completa*, p. 300.
3 Pizarnik. Releitura de *Nadja*, de André Breton. In: *Prosa completa*, p. 301.

pelo sentimento de abandono e solidão. Poesia para um sujeito ermo, devastado pela própria sombra em função de sua incapacidade de se colocar como marca positiva de linguagem. Obcecada pelos caprichos da linguagem e suas dobras mórbidas, Pizarnik se interessa e se apropria das técnicas surrealistas de combinação que vão atender sua necessidade de manipular a linguagem até o seu desgaste, até o negativo radical em que a subjetividade lírica se esgarça e se arrisca.

As palavras – que o surrealismo já havia liberado de funções convencionais – perdem (porque nunca tiveram? em todo caso, jamais terão novamente) a conexão firme e o enlace seguro com os referentes. São forças desgarradas no informe, com alto poder de evocação, mas nenhuma efetividade em lançar o fio à terra. Reverberam no indeterminado, volteiam, nadam, assombradas pela claridade extrema da promessa de uma saída que, é sabido desde o início, não há. Em termos semânticos, as palavras que mais lhe interessam são as puras, das "altas tradições" da poesia: noite, jardim, infância, silêncio, morte. Mas comparecem nessa poesia para desmascarar todos os vazios que uma lírica convencional talvez procurasse dissimular sob o verniz estetizante. Não que em Pizarnik uma preocupação de ordem estética não compareça, pois comparece, pesadamente até. No entanto, o que importa aqui são os modos como a poeta revolve e intensifica a desconexão, tanto entre o nome e a coisa quanto entre a coisa nomeada e o sujeito que nomeia. Sobre essa liberação que desata os laços entre sujeito e linguagem, Blanchot afirmaria:

> [As palavras] tornam-se centros de atividade mágica; mais do que isso, coisas tão impenetráveis e opacas como qualquer

> objeto humano retirado de sua significação utilitária. (...) A linguagem nada mais tem a ver com o sujeito: é um objeto que nos leva e que pode nos perder; tem um valor além dos nossos valores. Podemos nos perder numa tempestade ou num pântano de palavras. É a retórica tornada matéria.[4]

É no "horizonte de Maldoror com seu cão" que se movem as palavras soltas de Pizarnik. Uma visão negativa da aventura surrealista vai contaminando sua poesia, como se o horizonte utópico das vanguardas aparecesse aqui ultrajado, desmascarado. E mesmo que esse movimento seja repleto de efusões líricas e de sentimento amoroso, Pizarnik aponta a impossibilidade de estabelecer uma relação positiva com a vanguarda e de nela embarcar.

Em seu conhecido ensaio sobre a poeta, o escritor argentino César Aira opta por um desligamento do biográfico para abordar sua obra, tecendo considerações relevantes sobre uma rede de fortes influências. O texto de Aira assume um papel corretivo diante da bibliografia sobre Pizarnik, isto é, pretende corrigir a aberração das abordagens ultrabiográficas que vinham sendo feitas (e continuam e continuarão, apesar de tudo e de todos). Aira elide qualquer informação sobre a experiência, o terrível feminino ou a depressão, ou ainda sobre o abominável e irritante humor que os poemas mais arrebatadores de Pizarnik escancaram. Se por um lado o crítico evita a apropriação biográfica e psicologizante (ou psicanalisante), por outro acaba frivolizando um pouco a leitura de poemas que exploram até o enjoo a clave lírica e a angústia existencial, flertando com o universo *kitsch* e o mau gosto.

4 Blanchot. *A parte do fogo*, p. 97.

Nesse sentido, vale destacar as considerações de Aira sobre a relação entre a poesia de Pizarnik e a obra do poeta argentino Antonio Porchia, deixado de lado como um *declassé* pelos autores contemporâneos. Alejandra teria encontrado em Porchia um modo de trabalhar a combinatória de palavras que parece ter sido decisivo, a ponto de ser difícil discernir os versos de um e de outro se tomados isoladamente, fora do contexto de seus livros. A análise de Aira mostra como o jogo combinatório em Pizarnik tem uma dupla influência: ao mesmo tempo que aponta para uma adesão às concepções surrealistas de criação, também atende ao seu ideal (de Pizarnik) de pureza e rigor em poesia, restringindo o vocabulário de modo a trabalhar num jogo de "grandes palavras", bem à maneira de Porchia: palavras nobres, puras, abstratas e talvez vazias. Se, como escreveu Hölderlin, a poesia é um jogo perigoso, Pizarnik faz dela um jogo perigosamente abstrato, e justamente nesse ponto parece coincidir com Porchia.

Para um leitor que nunca tenha tido contato com a fortuna crítica abarcada pelo ensaio de Aira, Pizarnik corre o risco de parecer uma poeta fria e calculista, cerebral, quase maquiavélica, alguém capaz de instrumentalizar o deslocamento do sujeito, a técnica da escrita automática e o jogo combinatório surrealistas, trazendo-os para dentro de sua máquina mortífera de escrever poemas. Essa via, apesar de interessante e contundente, talvez seja um pouco redutora, na medida em que um dos pontos altos e mais difíceis de pensar nessa poesia é o exagero, a inflexão hiperdramática do sofrimento, sempre reveladora de uma alta vocação sexual. Pizarnik de fato se arrisca o tempo todo a ultrapassar as bordas do mau gosto e do *kitsch*, seduzindo e arrastando o leitor para seu centro vazio. Nesse sentido é que sua poesia produz uma experiência diferente daquela encetada pela escrita de Porchia, que não consegue ir do *kitsch* a outro lugar estético mais esquivo e obscuro. (Talvez uma análise de ambas as obras, que leve mais em conta a interação com o leitor, permita descobrir caminhos outros para a compreensão do uso da arte combinatória e dos jogos de "grandes palavras" no interior das duas poéticas.)

Por ora, assinalo que os princípios (de incerteza) na poesia de Pizarnik não se identificam com o vago (Valéry). As grandes palavras são interrogadas, e delas se exige o tempo todo uma precisão que escapa à autora e a lança no drama de seu projeto literário – talvez por isso mesmo a redução progressiva dos poemas: "A cada dia os meus poemas são mais breves: pequenos fogos para quem andou perdida no desconhecido".[5] Sylvia Plath, em entrevista à BBC de Londres, ao falar sobre a tirania da linguagem poética, diz: "A poesia é uma disciplina tirânica. Você tem que ir tão rápido em tão pouco tempo, num espaço tão curto, que nem sempre é possível dar conta do periférico; num romance talvez eu possa ter mais da vida, mas num poema tenho uma vida mais intensa".[6]

> *Le surrealisme vous introduira dans la mort.*
>
> Breton
>
> *Que me sean dados los deseos de vivir y conocer el mundo.*
> *Que me sea dado el interesarme por este mundo.*
>
> Alejandra Pizarnik

5 Pizarnik. *Poesía completa (1955-1972)*, p. 299.
6 *Sylvia Plath interview*. Entrevista concedida a Peter Orr, 30 out. 1962.

Se os escritos surrealistas nascem ainda sob o impacto da Primeira Guerra Mundial, o suicídio e a cisão do sujeito certamente não foram apenas afetações da linguagem. "Há um homem cortado ao meio pela janela" é a frase mestra, a frase que provoca a irrupção da sensibilidade surrealista em André Breton. O surrealismo nascia sob o signo da morte, propondo o suicídio da consciência. Em outubro de 1924, o grupo surrealista lança o questionário *O suicídio é uma solução?* O interesse pela questão transcendia a aparente frivolidade do tom jocoso. Apesar do foco quase sistemático na questão do suicídio e na mortificação do sujeito, Breton, ao contrário de outros surrealistas (e aqui poderíamos incluir Pizarnik), não se deixou arrastar pelo fascínio da morte. Ele se mostra bastante lúcido quanto ao perigo que esse fascínio exerce sobre aquele que escreve. Não por acaso, publica um texto intitulado "Contre la mort", em que a afirmação da vida ganha contornos surpreendentes. Breton sabia perfeitamente que às vezes era necessário interromper as experiências de esgarçamento da linguagem (despersonalização, escrita automática, *rêves éveillés*) e propor algo que fosse capaz de manter o escritor numa relação com o mundo, de levá-lo a cultivar sua dimensão telúrica e o "interessar-se por este mundo", nas palavras de Pizarnik. Na escrita desta, no entanto, não há essa parada na engrenagem perigosa entre escrita e existência para reconexão com um fio terra. O poema se converte em lebre louca, máquina mortífera, abismo – a poeta atingiu um ponto extremo de onde é difícil retornar.

Aira vê no que chama de "deslocamento do sujeito" na obra de Pizarnik um estratagema poético que permitiria à poeta criar personagens. A ideia de que Alejandra trabalhava um personagem para colocar em movimento os poemas e de que esse personagem vampirizava a vida do sujeito me parece redutora. A meu ver, a questão do sujeito ali serve mais como um campo (existencial) de experimentações poéticas, com todo o risco de perda e deformação de identidade/subjetividade que pode estar implicado nessas experimentações.

Ainda comentando a diferença entre a postura bretoniana e a de Pizarnik, vale notar que, enquanto Breton vive a cisão do "eu" como uma operação maravilhosa, Pizarnik a experimenta de modo sofrido. Como assinala Aira, essa negatividade também vai afetar o uso das metáforas. Em oposição ao vitalismo surrealista e ao movimento ascendente de Murilo Mendes, a metáfora em Pizarnik é quase sempre descendente.

Em sua poética, a liberdade (das palavras e da linguagem) é vertiginosa, abismal e aprisionante. Nesse labirinto de paradoxos em colisão, a voz do poema erra, como uma mensagem perdida, vagando metamorficamente de déu em déu.

A poesia agora é esse campo de "metamorfoses perigosas", em que o sujeito "despossui" seu próprio ser e estranha a linguagem, "contemplando" uma profundidade vazia para a qual o olhar é atraído, arrastado e absorvido, num movimento imóvel e para um fundo sem profundidade. O que nos é dado por um contato à distância é a imagem, e o fascínio é a paixão da imagem.

Porém, dos males, talvez o menos malévolo seja exatamente o fascínio da imagem. Se, como diz Aira, "todos os recursos são válidos para se alcançar aquele tipo de ressurreição em vida que consiste em fazer poesia depois que toda poesia foi feita",[7] o fascínio, ainda que seja pela imagem de profundidade vazia, preservaria um sentido passional das coisas que justificaria a poesia (e a vida), antes ou imediatamente antes que se entre no domínio do absoluto, onde tudo finalmente se liberta, pois nada mais existe para ser libertado.

Assim como disse Baudelaire sobre Pascal, Pizarnik arrastava consigo seu abismo. O abismo em Pizarnik é o ponto a partir do qual sua voz pode falar, o ponto em que as palavras, depois de falharem, e falharem de novo, e ainda mais, começam talvez a rumorejar. Algo real retorna da falha tantas vezes repetida? Talvez.

A poesia traz notícias do outro lado, talvez mensagens automáticas, talvez mensagens brancas, nuvens, o ruflar do nada.

Referências

AIRA, César. *Alejandra Pizarnik*. Rosario: Beatriz Viterbo Editora, 2001.

BLANCHOT, Maurice. *A parte do fogo*. Trad.: Ana Maria Scherer. Rio de Janeiro: Rocco, 1997.

PIZARNIK, Alejandra. *Poesía completa (1955-1972)*. Barcelona: Lumen, 2003.

PIZARNIK, Alejandra. Releitura de *Nadja*, de André Breton. In: ______. *Prosa completa*. Trad.: Nina Rizzi e Paloma Vidal. Belo Horizonte: Relicário, 2025.

PLATH, Sylvia. *Sylvia Plath interview*. Entrevista concedida a Peter Orr. British Council, 30 out. 1962.

7 Aira. *Alejandra Pizarnik*, p. 72.

LIGADOS POR CARTAS (BAUDELAIRE E SUA MÃE)

Há muita ambição, desânimo, lamentos e clamores, a saúde não é lá maravilhosa e o estado de alma é bastante ruim. Também pode acontecer de escrever-lhe para pedir desculpas e preveni-la sobre a preparação de outra carta prometida, mais longa e detalhada, a ser enviada muito em breve e com várias coisinhas dentro de um pacote. Há promessas, pedidos, urgências e, no fundo, a imagem onipresente de uma mãe muito doce perdida atrás dos carrosséis. A imagem materna emerge dessas cartas com toda a carga de equivocidade e excesso, de agravo, ternura e dano. As missivas transportam o amor corajosamente sensual, mas também bruto, reivindicatório e violento, de um poeta ao mesmo tempo ambicioso e humilhado. Alguém que reiteradas vezes pede comiseração, cumplicidade, compreensão. Pede dinheiro também. E não poucas vezes.

O dinheiro é um elo forte, e por isso mesmo um assunto penoso, às vezes urgente, quase sempre inevitável, e não cessa de recordar ao poeta o travo amargo da humilhação e da indignidade. Para cada humilhação, um pequeno acesso de orgulho. É preciso que ela encare bem os fatos: ele é único em seu tempo. Então pede mais dinheiro, e mais comiseração. Ele reconhece em si mesmo um poeta verdadeiramente especial. Pede que ela não seja muito dura com ele nas cartas. Que tenha paciência e empatia por suas dores, que são muitas. Pede que seja cúmplice de sua tão aguda sensibilidade, ele é um fracasso e é o maior poeta de sua época; saber disso com a lucidez com que ele sabe não deixará de ter suas consequências.

Durante muitos anos, Baudelaire e sua mãe mantiveram intenso contato através de cartas. É provável que depois da morte do filho, ao qual ela sobrevive, madame Aupick tenha queimado aquelas que enviou; assim, nos restam apenas as muitas missivas enviadas pelo poeta a essa que foi sem dúvida a mulher mais importante de sua vida e a quem ele se lança por escrito em efusões de ternura, procurando expressar a espiral infinita de sua tormenta.

Boa parte dessa correspondência testemunha a urgência do filho em ver a mãe, e ao mesmo tempo a impossibilidade desse encontro. Problemas de saúde, problemas de dinheiro. Os credores de Baudelaire procuram madame Aupick em diversas ocasiões, e ela durante toda a vida não cessou de socorrer financeiramente esse filho habitante de hotéis e comprador compulsivo de livros, obras de arte, móveis e antiguidades dispendiosas.

Se toda carta de amor é ridícula e se toda carta é sempre, em alguma medida, uma carta de amor, o afeto epistolar entre Baudelaire e sua mãe é testemunha de um drama amoroso dos mais fascinantes. Perto do fim da vida de ambos – Caroline morre apenas três anos depois do filho –, eles trocam inúmeras cartas sobre suas dores e tratamentos, e mantêm-se vivos para dar força um ao outro. Em mais de uma ocasião, Baudelaire deixará isso explicitado a ela, que foi também a destinatária de seus enfados literários e de sua progressiva perda de vontade de viver. Quando toda a literatura francesa lhe soa abominável – exceto talvez Victor Hugo –, Baudelaire se consola com a ideia de que ao menos ela, a mãe, seja um livro a ser perpetuamente lido, cujo prazer jamais se esgotará. Essa mãe-livro tem dificuldade de ler o livro caótico que é a vida de Baudelaire, mas nunca deixa de o socorrer financeiramente. As dívidas inextricáveis que o poeta contrai ao longo dos anos o afetam de modo cada vez mais paradoxal: são fonte de incontáveis preocupações, mas também motivo para permanecer vivo. Saldar as dívidas antes de morrer, evitando mais desgostos para a mãe, é uma das razões enumeradas em suas últimas cartas para continuar a viver. A equação insolúvel e viciosa entre as dívidas contraídas e a necessidade de viver para saldá-las alimenta boa parte dessa correspondência e ilustra bem o tipo de tragicidade que caracteriza a biografia de Baudelaire.

O poeta tem sempre muitas coisas a dizer a madame Aupick e uma considerável dificuldade de dizê-las por escrito. Sabe que ao vivo muitos dos mal-entendidos seriam dissipados. Para o leitor contemporâneo, Baudelaire certamente escreve e diz muito de si mesmo, mas, na dinâmica insaciável dessa máquina celibatária materno-filial, o que dizem um ao outro é ou excessivo ou nunca suficiente. Ele se dirige a madame Aupick como o centro magnético de seus afetos, sente muito sua falta, solicita sua presença, é um homem com problemas cada vez mais insolúveis e uma vida cada vez mais asfixiada entre a ambição dos projetos e a inviabilidade de sua realização. Do mesmo modo, a relação com a mãe se desenvolve entre o desejo de um reencontro e a irrecuperabilidade de uma harmonia doce que não cessa de rondá-lo. Baudelaire gosta de terminar as cartas com expressões dramáticas e sentidas, a exemplo de *Je t'embrasse tendrement, si tu veux bien le souffrir* [Abraço-te ternamente, se queres bem ao sofrer].

Mas é também um sujeito repreensivo, cheio de exigências. Certa vez repreendeu a mãe por ter acreditado que um saquinho de chá magnífico tinha de ser misturado com um chá de pior qualidade. Mas se é ela que o repreende, a coisa muda de figura: “Querida mamãe, nunca me repreenda por meus atrasos”.

A carta do dia 6 de maio de 1861 é talvez, de todo o conjunto, aquela que melhor concentra as reflexões maduras de Baudelaire sobre sua relação com Caroline.

> À la fin de mars, je t’écrivais: Nous reverrons-nous jamais! J’étais dans une de ces crises où on voit la terrible vérité. Je donnerais je ne sais quoi pour passer quelques jours auprès de toi, toi, le seul être à qui ma vie est suspendue, huit jours, trois jours, quelques heures.[1] [Te escrevi no fim de março. Vamos nos ver já! Estou em uma dessas crises em que se enxerga a terrível verdade. Eu daria nem sei o que para passar alguns dias com você, você, o único ser ao qual minha vida está ligada, oito dias, três dias, algumas horas.]

A infância de Baudelaire, como se sabe, foi marcada pela perda do pai, Joseph-François Baudelaire, aos 6 anos. A morte do pai o aproxima intensamente de sua jovem mãe, e durante um ano o menino vive o amor edipiano a todo o vapor. Esse período o marcará para sempre. Declaradamente apaixonado por Caroline, Charles vê seu reinado amoroso ameaçado pela entrada em cena de um oficial militar. Para piorar as coisas, Jacques Aupick não acha nada interessante a inclinação do enteado pela poesia. Menos interessante ainda lhe soa a intenção de Baudelaire de fazer dela sua vocação. O garoto será enviado a um pensionato, e a partir de 1834 – ele tinha então 13 anos – as cartas criam o espaço de uma nova aliança entre mãe e filho.

A correspondência nasce simultaneamente da ruptura de um período idílico e de um profundo sentimento de injustiça,

1 Baudelaire. *Correspondance – Tomo II (1860-1866)*, p. 153.

e terminará no dia 30 de março de 1866, com uma carta enviada de Bruxelas a Honfleur, ditada por Baudelaire a outra pessoa. Fisicamente imobilizado, afundado em dívidas e cheio de planos, as últimas cartas enviadas a Caroline discorriam sobre beladonas e nevralgias, dívidas sem remédio e remédio para vômitos à base de valeriana e óxido de zinco.

Entre Bruxelas e Honfleur, onde vivia madame Aupick, o traslado das cartas era eficiente. Ele relata que toda missiva que saía à tarde de Bruxelas chegava a Honfleur na noite seguinte, e as que partiam de manhãzinha chegavam já na outra manhã.

Em 1864, Baudelaire decide mudar-se para a Bélgica, motivado pela distância dos credores e pela ideia de encontrar um editor e um público leitor mais adequados para seus livros, que estavam empacados nas mãos do editor francês. As coisas não se passam do modo esperado, e a partir desse ano Baudelaire começa a sofrer com sintomas de sífilis, problemas gástricos agudos tratados à base de láudano, febres noturnas e vômitos constantes. Ainda em 1863, escreve a Caroline cartas que anunciam o que ele chama de "doença do desencorajamento, do marasmo e da indecisão", sobre a qual se perguntará se é real ou fruto de uma doença prévia, imaginária.

> Como com a desesperança criar a esperança, com a covardia criar a vontade? Essa doença é real ou imaginária? Será ela o resultado de um enfraquecimento físico, de uma melancolia incurável na sequência de tantos anos cheios de sobressaltos, suportados sem consolo, em solidão e mal-estar? Não tenho a menor ideia; o que sei é que sinto um desgosto total por todas as coisas, sobretudo por todo prazer (o que não é um

mal), e que o único sentimento que me faz sentir vivo é um vago desejo de celebridade, de vingança e de fortuna.[2]

Nessa carta e nas seguintes, Baudelaire anuncia a Caroline sua vontade de retornar a Honfleur – praticamente toda a sua correspondência é permeada pelo anseio de voltar à *maison-joujou*, nome com que ele batizara a casa da mãe. Mas os planos de retorno são substituídos por planos de um livro sobre a Bélgica. Na carta de 31 de julho de 1864, ele se dá conta de ter redigido os três primeiros capítulos e fala a Caroline sobre seu projeto de viagem para Liège, Gand, Namur, Antuérpia e Maline a fim de escrever os demais.

Sete anos antes, ele já escrevia à mãe sobre uma sensação de impossibilidade de seguir vivendo que se tornaria cada vez mais presente e opressora. Em 30 de dezembro de 1859, Charles relata:

> O que sinto é um enorme desânimo, uma sensação de isolamento insuportável, o medo permanente de uma vaga infelicidade, uma total falta de confiança em minhas forças, uma absoluta ausência de desejo, uma incapacidade de encontrar qualquer divertimento que seja.[3]

Quando o poeta é tomado pela doença que o levará à morte, Caroline virá em seu socorro. Quer levá-lo de volta a Honfleur, mas de algum modo sua presença o exaspera e ele tem acessos de cólera, tanto que os médicos pedirão que ela não o visite por um tempo. Ela escreverá então aos amigos do filho, pedindo-lhes que o ajudem, que o entretenham e o estimulem: Sainte-Beuve, Maxime du Camp, Hetzel e

2 Baudelaire. *Correspondance – Tomo II (1860-1866)*, p. 342.
3 Baudelaire. *Correspondance – Tomo II (1860-1866)*, p. 437.

Banville, todos eles solicitados a visitar o "desafortunado", como o chamava então Caroline. Durante os últimos meses de vida do filho, já paralisado e afásico, a mãe se vê diante de admiradores de Baudelaire e começa então a vislumbrar sua importância literária e a compreender o sentimento de injustiça. Em uma carta a familiares, usa a expressão "inteligência de elite", começa a ler de outro modo seus poemas. Gosta particularmente de um verso: "Escute, minha querida, escute a doce noite que avança". Baudelaire morre ao lado de Caroline Aupick no dia 31 de agosto de 1867.

A vida de Caroline foi belamente refletida no livro *L'Idée si douce d'une mère*, de Catherine Delons, do qual me servi, entre outros textos, para este artigo.

Referências

BAUDELAIRE, Charles. *Correspondance – Tomo II (1860-1866)*. Paris: Gallimard, 1973.

DELONS, Catherine. *L'Idée si douce d'une mère*: Caroline Aupick et Charles Baudelaire. Paris: Les Belles Lettres, 2011.

O DEMÔNIO DA POSSIBILIDADE: IMAGEM E INCERTEZA NA POESIA BRASILEIRA CONTEMPORÂNEA

Uma arte imita a outra
dois homens a cavalo
atravessam a face escura da Terra
por toda parte há cheiro de alfarroba
não dá para saber se estamos sós
ou se os ciprestes são pessoas.

Jean-Christophe Bailly

Ao descrever aquilo que é, o poeta se degrada e desce até a categoria do professor; ao contar o possível, permanece fiel à sua função.

Charles Baudelaire

Imagens são pensamentos primordiais.

Nietzsche

Em 2007, o poeta e crítico Marcos Siscar escrevia o texto "Poetas à beira de uma crise de versos", em que discutia a lógica dos argumentos utilizados pelo também poeta e crítico Luis Dolhnikoff no artigo "Poesia média e grande". Este texto, por sua vez, se armava em torno de outra produção de Siscar, de 2005, chamada "A cisma da poesia brasileira". No vaivém entre questões terminológicas, ressurreições luminosas e uma tortuosa tentativa de clamar, no brejo do contemporâneo, pelas "grandes questões" ausentes, Dolhnikoff oferecia um diagnóstico estrategicamente pessimista da poesia produzida entre nós. Identificava como causa principal da perda de vitalidade poética o abandono da vertente visualista da poesia brasileira; assim, após a ruptura concretista, o poeta brasileiro teria se defrontado com a obrigação de alinhar-se: aderir à poesia visual e progredir ou retornar ao verso e definhar. Dolhnikoff lamenta que o caminho escolhido tenha sido o da poesia verbalista, infeliz decisão que a teria levado à "frouxidão das relações entre forma e significado". Está claro que a construção dessa antinomia serve para desvalorizar a maior parte da produção atual, identificando no retorno ao verso um gesto resignado ou oportunista e, em todo caso, inerte, atitude preguiçosa ou conservadora em relação à alternativa visualista, que alargaria os usos da linguagem verbal, desfazendo o silogismo e a topografia tradicional do poema, aproximando a poesia da música e promovendo a irrupção do visível no legível. Nesse caso, o poeta se identificava com uma outra tradição, a da poesia tipográfica moderna, praticada por Mallarmé, Pound, Apollinaire, pelos futuristas russos, pelo Joyce de *Finnegans Wake* e por e. e. cummings, além, é claro, dos poetas concretos, aos quais Dolhnikoff se filia. A crítica de Siscar questiona e desarma os pressupostos do argumento de Dolhnikoff e, sem desmerecer a contribuição do concretismo, aprofunda o "problema" do verso e da discursividade na poesia contemporânea pós-utópica. O que me interessa retomar desse debate é a redução da noção de visualidade na crítica de Dolhnikoff, noção que estrutura a antinomia por ele criada, mas não chega a ser repensada de um ponto de vista propriamente contemporâneo, permanecendo congelada na sua acepção concretista. Se os exemplos utilizados eram suficientemente eloquentes para deduzirmos o que estaria em jogo na ênfase do visual como valor poético, é pouco viável pensar hoje a relação entre poesia e visualidade a partir de um modelo único e programático.

O que parece tornar artificial, se não forçada, a recuperação da oposição entre verbalistas e visualistas na intenção de lançar luz sobre o estado da poesia contemporânea é precisamente a obliteração do debate em torno da visualidade e das recentes teorias da imagem. O modelo concretista tem certamente uma importância que ultrapassa a história da poesia, mas afirmá-lo como valor hoje é sustentar uma concepção de visual sígnica, herdeira da semiótica e das experiências tipográficas e ideogramáticas em sistemas fonéticos. Conta aí, sobretudo, a ocupação gráfica do espaço, a experimentação com vazios/brancos, a caixa-alta, os jogos cromáticos, o método ideogrâmico de composição elaborado por Pound a partir dos estudos de Fenollosa sobre o ideograma chinês,[1] a incorporação da tridimensionalidade e, a partir dos anos 1970, dos suportes tecnológicos: o uso do vídeo, do laser, de holografias e, mais recentemente, da palavra em movimento no âmbito digital, *e-poetry* e hipertextos.[2] Isso tudo faz sentido no escopo da pesquisa concretista,

1 Em "The Word as Object: Concrete Poetry, Ideogram, and the Materialization of Language", Pedro Erber analisa a posição de Fenollosa em relação aos sinólogos tradicionais e às teorias de Jacques Derrida. O autor também aborda as experiências com poesia visual no âmbito da vanguarda japonesa (enfocando sobretudo os trabalhos de Kitasono Katsue) e relaciona tais experiências com a tendência à desmaterialização dos objetos artísticos (teoria elaborada pelos críticos norte-americanos Lucy Lippard e John Chandler) no âmbito das artes visuais dos anos 1960, o que resultou frequentemente numa materialização/visualização da linguagem conceitual (Sol Lewitt, Kosuth).

2 Caberia mencionar "Olho por olho" (1964), de Augusto de Campos, um dos raros exemplos de poema composto por imagens recortadas.

em que a referencialidade sígnica e a comunicabilidade eram postas em xeque para afirmar a linguagem como uma realidade fundante, uma outra realidade dentro do mundo dos objetos, e não uma ferramenta que evoca ou representa esse mesmo mundo. O concretismo opôs à transitividade do signo comunicacional um signo opaco, que se autoafirmava como um sistema convencional, feito de matéria gráfico-visual. Um dos grandes méritos do movimento da poesia concreta no Brasil foi a ampliação da noção de poesia, que até os anos 1950 transmitia ainda a ideia de expressão confessional do eu lírico. O poema não era mais fruto da expressão de seu autor, mas o lugar privilegiado de uma série de operações na linguagem. Tal concepção de poesia ia muito além de questões tradicionais de versificação, como a escolha entre verso branco ou livre que tanto ocupara o modernismo tardio. Augusto e Haroldo de Campos souberam tirar (refiro-me à difícil porém profunda penetração do ideal construtivista no Brasil) inúmeras consequências da "crise de versos" deflagrada por Mallarmé. Entenderam, como poucos e no momento oportuno, que o poeta francês havia liberado o poema da tradição retórica e psicológica, mas também de uma condição linear, chamando atenção para a fulgurância de cada palavra e sua reverberação sobre as zonas vazias da página. Nesse sentido, os concretos conseguiram romper com a longa tradição de poesia entendida como forma exclusivamente lírica. Tudo isso não é pouco, porém, vista em retrospectiva, a visualidade que os concretos em sua fase heroica defendiam era de natureza muito mais sígnica (e gráfica) do que propriamente visual. Foi talvez no campo do design e da publicidade (e, quem sabe, das artes visuais num sentido mais amplo) que essa herança teve seus desdobramentos mais potentes e duradouros, e esse aspecto, infelizmente, fica de fora do ensaio de Dolhnikoff. Não questiono aqui a contribuição da aventura concreta para a poesia brasileira, contudo, a fixação nesse paradigma visual reduz as possibilidades de reflexão sobre a relação entre poesia contemporânea e visualidade, e isso justo no momento em que o debate sobre a imagem já não se centra tanto na questão da referencialidade sígnica, mas sim na distinção entre visibilidade e visualidade, bem como na nossa incapacidade de olhar e ler imagens, de olhar e ler aquelas imagens que mais mereceriam o nosso olhar. Do contraste entre a facilidade técnica de criar imagens e a dificuldade de abordá-las é que emergem hoje algumas das mais interessantes formas de contato entre textualidade e visualidade.

Bastaria um estudo da trajetória literária de Haroldo de Campos para mostrar que a experiência da poesia concreta criou outras saídas para o problema do verso e que reduzir o legado concretista à poesia visual é um equívoco. Por outro lado, é interessante pensar que a geração seguinte à dos concretos travou relação bastante intensa com o campo visual. Leminski deu continuidade às pesquisas concretistas na clave da "desutopização" e da perda de privilégios do literário, brincou com a própria ideia de livro e transitou entre o experimento radical e formatos absorvíveis pelo circuito editorial comercial. Ana Cristina Cesar incorporou o registro do roteiro cinematográfico. E Zuca Sardan encetou uma (infinita?) série de escritos desenhados, flertando com a caricatura, a charge, as histórias em quadrinhos e – por que não? – também com o ideograma. Cabe lembrar que a poética editorial modernista não apenas produziu objetos gráficos refinadíssimos, mas também projetos no limite da bibliofilia, gerando exemplares preciosos e quase mágicos, sem dúvida fetichistas (e por que não seriam?), muitas vezes acompanhados de imagens. Essas propostas foram fundamentais para poetas que compreendiam o livro como possibilidade muito além do suporte da letra impressa e já sentiam a aflição da perda de centralidade da literatura numa cultura cada vez mais atravessada pela atração da visualidade e da imagem instantânea. Um estudo mais detido e sistemático da dimensão visual da poesia publicada no Brasil nos anos 1970 teria muito a revelar, porém aqui me interesso por poemas contemporâneos nos quais chama atenção o interesse pela visualidade e, de modo particular, pela imagem fotográfica. Não significa que essa poesia queira ela mesma se converter em imagem, mas sim que a lógica de sua construção é afetada pelo "problema da imagem", contradizendo algumas de suas acepções hegemônicas.

O inseto no âmbar e outros animais

Na contramão da ideia da imagem fotográfica como processo de entesouramento do real – o inseto preso no âmbar, tal como queria André Bazin[3] – por via da fixação da memória, evitando, portanto, uma noção essencialmente indexical do fotográfico, surgem compreensões da fotografia como imagem em incessante transformação, tão duvidosa quanto a memória do olhar de quem a contempla. Não se trata de contrapor a antinomia verbal *versus* visual à variedade ou à "biodiversidade" (cf. Siscar) da poesia atual, mas sim de atentar para a existência de poéticas (ou ao menos poemas) que provocam a irrupção da visualidade no interior do próprio texto, uma visualidade marcadamente autorreflexiva e consciente das incertezas que gera, nem puramente

3 Bazin. A ontologia da imagem fotográfica. In: *O cinema: ensaios*.

imaginativa nem pretensamente poética. Mais que produtora de imagens mentais por meio de descrições minuciosas ou pitorescas, a poesia torna-se um modo de pensar imagens, de pensar nossa relação com elas, o olhar que nos devolvem, num jogo de interação que é promessa e recusa de sentido. O que não obriga a adotar, no interior da poesia, uma linguagem eminentemente teórica, mas reconectar-se com a antiga vocação da literatura para construir dispositivos visuais, tornar-se "máquina de visão". Nesse sentido, a poesia apresenta-se como um campo privilegiado para pensar a imagem e seus efeitos fora dos modelos visuais hegemônicos. É sobretudo na poesia recente que os dispositivos visuais ganham maior relevância e introduzem questões que hoje levantamos acerca da relação da imagem com o seu referente, numa leitura que se afasta das teorias (ou prototeorias) calcadas na natureza indexical da fotografia, seu modo de aderência ao referente, entendimento que prevaleceria nas abordagens de Cartier-Bresson ("O instante decisivo"), André Bazin ("A ontologia da imagem fotográfica"), Roland Barthes (*A câmara clara*), Susan Sontag ("Na caverna de Platão") e, de certo modo, também nas teorias de Christian Metz, embora nelas a "indicialidade" seja deslocada de uma ontologização do fotográfico. Trata-se talvez de perseguir uma noção mais frágil, mas também mais elástica, próxima daquela oferecida por Geoffrey Batchen em "Snapshots", um modo dinâmico de apreensão em vez de uma série de figuras estáticas.[4]

4 Isso não significa que a fotografia tenha deixado de funcionar como ferramenta eficaz dos instrumentos de poder e controle.

Alguma poesia brasileira recente

A leitura de alguns livros recentes, de poetas como Paulo Henriques Britto, Carlito Azevedo e Lu Menezes, mostra que a visualidade com que a poesia opera se expandiu e se diversificou, sendo a poesia concreta e sua proposta verbivocovisual apenas uma das várias possíveis formas de adesão do poema à visualidade. E não se trata simplesmente de uma poesia sensível à questão da imagem; a poesia desses poetas adentra o próprio espaço discursivo da imagem e mostra que tanto o poema quanto a imagem são refratários à cristalização de significados. Em torno das imagens que tais poetas oferecem, e mais ainda em torno da relação que estabelecem e cultivam com a noção de imagem, o eu do poema se tensiona, tende a escapar. O vivido, a experiência e a memória são miríades de possibilidades e apontam para o surgimento do sujeito em sua relação escópica com o outro, e também para a proliferação das imagens – visuais ou invisíveis – que cada sujeito escolhe para se proteger ou se exibir.

Impossível não evocar aqui a sensação contemporânea que nos toca bem de perto, seja por sua insistente reiteração, seja porque aprendemos a sentir que assim é que as coisas acontecem conosco de fato: o real converteu-se em imagem e todo o visível pode não ser real, mas fantasmagoria, reflexo e simulacro. Nos discursos normativos, a incerteza em relação à validade documental da imagem ganha o sentido de malogro da imagem; ao mesmo tempo que ela é condenada por crimes que, enquanto objeto, não pode cometer, cada vez mais é questionada em sua fidelidade aos fatos. A filósofa francesa Marie-José Mondzain[5] traça uma genealogia desse imaginário conflituoso, que remeteria aos séculos VIII e IX, focalizando o momento da crise decorrente do iconoclasmo bizantino, gerador de intensos debates intelectuais em torno da representação sacra, e sobretudo as consequências desses debates para o lugar da imagem na teologia cristã, que enfrentava o desafio de representar a dupla natureza de Cristo (simultaneamente humano e divino) sem levantar a suspeita de idolatria. No entanto, essa atitude de desconfiança e incerteza em relação à imagem nem sempre foi determinante; a teoria da fotografia, durante muito tempo, foi balizada por uma confiança no caráter indexical/indicial da imagem fotográfica. É o que leva Bazin a excluir a fotografia do campo artístico (por sua incapacidade de "eternizar" seus objetos). Ele afirma:

> A imagem pode ser nebulosa, deformada, descolorida, sem valor documental, mas ela provém por sua gênese da ontologia do modelo; ela é o modelo. Daí o fascínio das fotografias de álbuns. Essas sombras cinzentas ou sépias, fantasmagóricas, quase ilegíveis, já deixaram de ser tradicionais retratos de família para se tornarem inquietante presença de vidas paralisadas em suas durações, libertas de seus destinos, não pelo sortilégio da arte, mas em virtude de uma mecânica [transformação química] impassível; pois a fotografia não cria, como a arte, eternidade, ela embalsama o tempo, simplesmente o subtrai à sua própria corrupção.[6]

A essa noção de fotografia corresponderia, por exemplo, o poema de Drummond "Confidência do itabirano", incluído

5 Mondzain. *Imagem, ícone, economia*: as fontes bizantinas do imaginário contemporâneo.
6 Bazin. A ontologia da imagem fotográfica. In: *O cinema: ensaios*, p. 24.

em *Sentimento do mundo* (1940), em que a foto da terra natal figura entre uma série de outros índices da identidade itabirana (um couro de anta estendido no sofá, a cabeça baixa do poeta, o orgulho), e a foto da cidade retém algo que se perdeu no fluxo do real.

> Itabira é apenas uma fotografia na parede.
> Mas como dói![7]

Se para Drummond ainda era possível manter a dicotomia entre o real e o visível, conferindo à fotografia o poder de entesourar a memória e o tempo dentro de uma imagem, essa dicotomia é abandonada, e até mesmo invertida, em um poema como "Papéis de prata", do livro mais recente de Lu Menezes, *Onde o céu descasca* (2011). O texto sublinha o caráter processual e instável da imagem fotográfica, já que os processos fotoquímicos não param de alterar a imagem, no caso a de uma rua que acaba por ser invadida (ou desbotada) por grãos claros, "migração da prata para a superfície do papel", permitindo que se veja a praia que outrora havia naquele lugar. Em Lu Menezes, é esse processo infinito de composição/decomposição da natureza fotoquímica da imagem que forja uma "cópia ainda mais fiel do esplendor local".[8] A promessa de uma redescoberta infinita na imagem fotográfica também aparece no poema "Newton e o Natal", em que a fotografia da casa onde Isaac Newton nasceu – no dia do Natal –, coberta por um arco-íris, desencadeia uma imagem não fotografada, mas contida ali como possibilidade por associação poética: a imagem do próprio Newton na

7 Andrade. Confidência do itabirano. In: *Sentimento do mundo*, p. 10.
8 Menezes. Nitrato de prata. In: Azevedo (org.). *Poetas contemporâneas do Brasil*, p. 20.

escuridão do interior da casa brincando com o prisma do arco-íris. O poema fecha com os seguintes versos:

> A foto é bonita como um presente de Natal
> Que se pudesse, vida afora, ganhar e desembrulhar.[9]

Essa ideia de que toda imagem demanda ou exige ou provoca um gesto – precisa ser "desembrulhada" – leva a pensar que o que ela mostra não é o que ela revela; para entrar em contato com uma imagem, é preciso mais do que a visão, é preciso "desejar ver", como vem insistindo com razão Marie-José Mondzain. Para ela, é importante insistir na dimensão da invisibilidade da imagem para incluir o desejo na "armadilha do olhar", de modo que esse desejo permaneça para sempre irrealizado. Não era exatamente essa a definição de poesia de Paul Éluard? Assim opera a lógica que rege a relação cristã com a imagem divina. Segundo Mondzain, a relação com Deus, enquanto experiência de fé, implica a impossibilidade de uma visão plena: Deus não se revela inteiramente ao seu servo, pois tal revelação extinguiria o desejo que sustenta essa relação. É justamente na ausência de uma visão definitiva que se preserva o movimento do olhar desejante, que jamais se satisfaz completamente.

Em *Onde o céu descasca*, o Rio de Janeiro que os poemas mostram é uma paisagem de camadas sobre camadas, impregnada da consciência de já ter sido mil vezes vista, pintada, fotografada, filmada, comentada, descrita, romanceada. Mas Menezes não se contenta com um céu de simulacros – uma imagem que esconde outra e mais outra; sua escrita

9 Menezes. Newton e o Natal. In: Azevedo (org.). *Poetas contemporâneas do Brasil*, p. 21.

afiada e extremamente sensível à questão da cor desarma os clichês que impedem uma aproximação delicada à paisagem vista, fazendo dela algo novamente "experimentável", e não apenas consumível. O modo como Menezes associa o rigor cabralino à força desestabilizadora do "DJ do Acaso" permite pensar nas estratégias criativas de alguns fotógrafos contemporâneos, como o alemão Wolfgang Tillmans, para quem o acaso também é uma espécie de aliado substancial. A ideia de Lu Menezes sobre a condição criativa da época em que vivemos – expressa na afirmação "a imperfeição é o nosso paraíso" – *se justapõe* à obra de Tillmans (normalmente criticado pela falta de cuidado técnico e negligência em relação aos padrões estéticos da fotografia considerada artística).[10] Assim, cabe ao poeta, tanto quanto ao fotógrafo, desentranhar desse mundo sublunar, banal, vulgar e imperfeito o instante que carrega a potência plástica das coisas maculadas. Além de um interesse comum pelas relações entre o microcosmo cotidiano e as imagens captadas pelo homem astronauta (penso aqui na série de imagens de Tillmans feitas com pó de maquiagem, lembrando fluxos cósmicos

10 Numa entrevista a Gill Blank, Tillmans comenta: "Percebi que precisava eliminar todos os artifícios pictóricos, para que os retratados não precisassem se desculpar por quem são e a imagem não precisasse justificar sua própria observação. (...) Eliminei tudo o que é considerado artístico na fotografia de retrato: iluminação interessante, técnicas reconhecidamente 'especiais' e todos os estilos diferentes que nos distanciam do sujeito e que normalmente são vistos como formas de valorizá-lo – ou de valorizar a própria imagem. Encontrei uma forma de iluminação indireta que se parece com a ausência de luz artificial. Isso muitas vezes foi equivocadamente interpretado como falta de formalidade, sendo descartado sob o rótulo da temida 'estética do instantâneo'. Sei a que as pessoas se referem quando dizem isso – à sensação de imediatismo que sentem nas minhas fotos –, mas o equívoco do termo está na suposição de que há ausência de composição e reflexão por trás delas". (Tillmans. Interview: Wolfgang Tillmans. *Influence*, Issue 2, p. 110-121, 2004.)

captados pelos robôs da Nasa, e no poema de Menezes "De volta à terra", em que o astronauta que retorna só pensa em deitar no sofá, tirar o sapato e assistir à tevê), a ideia de amadorismo abre caminho para pensar afinidades entre a poesia de Menezes e a obra de Tillmans. Ambos abolem a distância entre a matéria vivida e o momento de emergência do objeto estético, ou seja, não há um ritual de produção de imagens e poesia apartado do ritual de viver a vida, pegar um táxi, comer uma pizza num restaurante qualquer, mas também não se trata de simplesmente transpor o dia a dia das historinhas pessoais num impulso adolescente de registro do vivido. Seja nas imagens da poesia de Lu Menezes, seja nas fotografias de Tillmans, há sempre um trabalho consciente de elaboração que tende a "desaparecer" na trama das cenas cotidianas descritas – o uso da luz indireta em Tillmans, que mais parece ausência total de iluminação artificial, e as inversões sintáticas, os jogos de ecos, as assonâncias e a terminologia refinada e arcaizante na poesia de Lu.

O livro *Formas do nada*, de Paulo Henriques Britto, parece se confrontar com um campo de questões semelhante. O poema "Biographia literaria" reflete sobre o acesso negado à própria imagem subjetiva, que retorna precariamente:

> Lembranças pouco nítidas, provavel
> mente falsas. Imagens que se ordenam
> segundo uma lógica indecifrável,
> talvez inexistente.[11]

A quinta parte do poema retorna a essa questão, mas agora a imagem não é mais produto da memória nublando a infância, e sim uma fotografia terrivelmente nítida:

11 Britto. Biographia literaria. In: *Formas do nada*, p. 29.

V

Céu azul. Cores vivas. Você rindo
de alguma coisa ou de alguém que está à esquerda
do fotógrafo. É talvez domingo.
É claro que essa sensação de perda

Não está na foto, não – não está na imagem
extremamente, absurdamente nítida.
E se fosse menor a claridade,
ou se estivesse sem foco, ou tremida,

Ou se fosse em sépia, ou preto e branco,
Talvez a foto não doesse tanto?
Você, às gargalhadas. O motivo

você não lembra. A foto é muito boa.
Naquele tempo você ria à toa,
você lembra. Você ainda era vivo.[12]

A rigorosa estruturação dos versos intensifica a sensação claustrofóbica que atravessa o livro como um todo, ao mesmo tempo que contribui para a construção – ou a instauração – desse lugar paradoxal do morto-vivo: uma escrita poética despojada de "poesia", marcada pela tensão entre a fixidez da forma (a escolha pelo soneto rimado) e a instabilidade do sujeito, uma subjetividade em ruínas que se revela e se esquiva, recusando-se a se tornar espetáculo para o gozo do outro. Soma-se a isso o curto-circuito entre uma sensibilidade contemporânea e a adoção de uma forma tradicional.[13] O pronome "você" mantém incógnita a pessoa representada na

12 Britto. Biographia literaria. In: *Formas do nada*, p. 33.
13 Vale mencionar que na orelha do livro *Trovar claro* (1997), Augusto Massi analisava as tensões mobilizadoras da poesia de Britto em termos de "motivações românticas" e "razões modernas".

foto, podendo remeter tanto ao eu que escreve e comenta a imagem quanto a um terceiro sujeito, que estaria talvez adoentado, em condição sedentária, nem inteiramente vivo nem biologicamente morto. Mas interessa aqui a experiência estranha que a fotografia promove, o encontro do morto com o vivo, invertendo a ontologia baziniana, o vivo sendo aquilo que não cessa de gargalhar dentro da foto e o morto estando alojado ao lado do olhar de quem a contempla.

O fascínio que essa poesia exerce no leitor vem justo da sua extrema aspereza; apesar de lidar insistentemente com o malogro, com a impotência, com a "sensação de perda", não há nela lugar para o luto, nem o poeta permite ao leitor o gozo da identificação com sua dor, não há sequer a mais remota chance de fazer dessa impossibilidade uma nova forma de lamento ou uma busca vertiginosa que possa discernir entre o real e o visível, pois, como lemos em outro poema do mesmo volume,

> Até onde a vista alcança
> é real todo o visível.
> Como dançarina e dança
> formam um todo indistinguível.[14]

A precariedade da percepção e a dificuldade de sustentar o sentido ("aquele voo cego rumo ao que nunca esteve lá")[15] perpassam todo o livro e parecem indicar um caminho para o poema, caminho certamente paradoxal e sob a ameaça constante de fechar-se numa aporia paralisante, mas daí, desse risco de não ser nada, é que emerge também a forma tensa desses poemas – o título *Formas do nada* não podia ser

14 Britto. Cinco sonetos frívolos (IV). In: *Formas do nada*, p. 27.
15 Britto. Biographia literaria. In: *Formas do nada*, p. 30.

mais adequado –, cujo mérito maior talvez seja o de deixar o leitor num mato sem cachorro, nocauteado pela nitidez e pela precisão de uma linguagem sem autocomiseração, sem esperança, mas também sem histeria.

É talvez na poesia de Carlito Azevedo, contudo, que a relação com a fotografia ganha um espaço cada vez mais evidente. Em seus primeiros livros, Carlito dialoga intensamente com a pintura – seu segundo livro chama-se *As banhistas* –, evocando frequentemente obras de Vieira da Silva, Cézanne, Rothko, Mira Schendel, Oswaldo Goeldi, Jean Tinguely, para citar apenas alguns artistas. Em entrevista, Carlito chegou a dizer que gostaria de ter sido pintor. No livro *Sublunar*, que traz uma seleção de poemas publicados em seus três livros anteriores (*Collapsus linguae*, 1991; *As banhistas*, 1993; *Sob a noite física*, 1996), ele já desenvolvia a ideia de que o poema é uma forma de "mobilidade fixa" (expressão que aparece em "Ao rés do chão"), um modo de captar a vida ali no "centro nervoso do delírio", de não ceder à tentação do "círculo congelado,/ sem vasos comunicantes, fechado// em si, em sua pose, sua espera".[16] Em *Sublunar* vai se explicitando o percurso de Carlito, de uma inspiração a princípio marcadamente pictórica e literária que vai aos poucos flertando cada vez mais de perto com o fotográfico. Em "São fotos? Serão mentiras?", os versos se armam em torno de uma foto que estaria diante do poeta; nessa foto, para o leitor sempre ausente, há também um homem a quem falta uma *casquette* ou "algo bem mais cortante". O poema é elíptico e prossegue descrevendo a fotografia em que aparece um tal Carlito de mãos dadas com um tal Rajeev, de modo que o homem da primeira estrofe poderia também

16 Azevedo. Ao rés do chão. In: *Sublunar*, p. 19.

ser Carlito, que agora já não precisa de objetos cortantes, pois sorri ao lado de Martine.

> Não sei é por que bati esta do café
> grego: confundo a luz? a dispersão das partículas
> supera a da memória?[17]

O poema joga com esse paradoxo: fotografias amadoras geralmente são um suplemento artificial de memória que ajuda a preservar situações que de outro modo se dispersariam e sumiriam do nosso HD cerebral. O poeta, porém, coloca essa vocação fotográfica sob suspeita, porque as fotos tiradas não são objetos autônomos ou estáveis, são afetadas e alteradas pelas incertezas da memória daquele que se coloca diante delas – o bar grego talvez fosse outro bar, a fotografia não é o âmbar transparente e infalível em que vislumbramos o inseto petrificado, ao contrário, ela se tensiona com a memória humana e gera dúvidas tanto quanto ficções. Além disso, Carlito confronta a degradação da imagem física com a degradação da imagem mental, já que a fotografia (impressa sobre papel), com o tempo, também sofre alterações materiais que interferem na imagem, especialmente no que diz respeito à coloração do papel. Então, quem se deteriora mais rápido: os pigmentos coloridos que compõem a imagem da foto ou as partículas misteriosas de que é feito nosso acervo mnemônico de imagens? O título do poema induz a mais uma pergunta: serão mentiras? Será que tudo isso não passa de uma falácia visual? Será que nada disso aconteceu? Será que nunca houve bar grego ou Carlito de mãos dadas com Rajeev num bairro judeu? Porque sua poesia também é

17 Azevedo. São fotos? Serão mentiras? In: *Sublunar*, p. 70.

cada vez mais um modo oblíquo de ficção, e é nesse ponto que a fotografia parece lhe servir como modelo, ou seja, a fotografia não como *punctum* barthesiano – a evidência de algo ocorrido em determinado momento e em determinado lugar –, e sim como algo que desestabiliza a cognoscibilidade e convida a entender os processos de rememoração a partir de outro ângulo. Em certo sentido, o "inconsciente fotográfico" presente na poesia de Carlito se afina com a noção de imagem como dialética em suspensão, desenvolvida por Walter Benjamin sobretudo no livro *Passagens*. A imagem dialética tal como Benjamin a entende é uma imagem fulgurante, um fenômeno originário que desmonta a cronologia histórica habitual, incide sobre a relação entre o passado e o presente, ou entre o outrora e o agora; ou, segundo o filósofo:

> Não se deve dizer que o passado ilumina o presente ou que o presente ilumina o passado. A imagem, ao contrário, é aquela em que o Outrora encontra, num relâmpago, o Agora, para formar uma constelação.[18]

O que essa poesia recente parece afirmar, em sintonia com Benjamin, é que a imagem não é um dispositivo que mantém intacto o passado, como se este pudesse ser transportado para o presente sem sobressaltos e perdas; a imagem também não comparece nos poemas aqui citados como mero resultado de um processo de objetivação do visível, um pedaço de realidade capturado e ampliado por meio de processos tecnológicos, físico-químicos; a constituição da imagem é um processo mais enigmático e mais estranho, que

18 Benjamin citado por Didi-Huberman. *Diante do tempo*: história da arte e anacronismo das imagens, p. 128-129.

inclui o desejo de ver, a recusa, as zonas de invisibilidade. Em Carlito, nunca sabemos se as imagens de que ele fala são coisas vistas no mundo empírico ou uma "visão só na mente originada", como no poema "A morte do mandarim", imagens produzidas na mente do poeta pelo contato furioso com a realidade, espécie de curto-circuito entre o que ele pensa, sente e vê. Ainda, em relação a Carlito, talvez seja possível falar de uma "virada fotográfica"; sua poesia, antes marcada por um modelo pictórico recorrente – tanto na elaboração visual, com referências constantes a pintores, quanto no espaço museológico onde se dá o encontro com as obras –, agora denota a elaboração de uma linguagem que rivaliza com a sensibilidade do pintor, explicitada sobretudo numa obsessão cromática finamente desenvolvida nos poemas de *Sob a noite física* e nas novas versões de *Sublunar* ("luz febril", "densa luz que se evapora", "nadas-brancura", "noite gris", "fogueira de sangue", "azuis de genciana", "o vermelho do rapto", "a flor alvacenta do damasqueiro").

Em *Monodrama*, fotografias são fetiches e também amuletos, e podem revelar algo sobre aquele que as possui. É o caso da foto do santuário de Delfos, imagem retirada do filme *Édipo*, de Pasolini, que certa pessoa não nomeada escolheu para rodear, colando-a por toda parte – no painel do carro, no espelho do banheiro e numa caixa de remédios; a foto parece dizer que ela

> não é menos triste
> do que qualquer pessoa
> que eu conheça
> nesta cidade
> de imigrantes
> fantasmas

à sombra do
obsessor[19]

Outro poema fala de alguém que tem

ao lado da cama
a foto daquele
escritor que disse
na entrevista ter
tido um irmão gêmeo
e quando bebês
chegaram a ser
tão idênticos
que para diferenciá-los
os pais amarravam
fitas coloridas em
seus punhos
um dia foram
esquecidos na água
do banho, da banheira
um deles se afogou
e como as fitas
se tinham desatado
na água ensaboada
nunca se soube qual
dos dois tinha morrido

"se ele
ou eu"[20]

19 Azevedo. A foto do santuário de Delfos. In: *Monodrama,* p. 99.
20 Azevedo. Há também. In: *Monodrama,* p. 102.

Na coletânea *Monodrama*, o foco não é a imagem como forma de representação, mas a relação que o olhar trava com ela, daí fazendo cintilarem as cicatrizes de uma ferida emocional. Assim, as fotos são a dimensão visível de algo não totalmente interpretável, algo que a fotografia mostra, mas não revela. A fotografia é assumida e escancarada como "dispositivo pulsional"[21] (Lyotard), e o que interessa ao poeta já não é o processo maquínico que evacuaria o sujeito da fabricação visual, mas, pelo contrário, a reintrodução do olhar e das compulsões na constituição da imagem. Como bem notou Florencia Garramuño, há na poesia contemporânea "uma sensibilidade exacerbada que, em alguns casos, conjuga-se também com uma intensa sentimentalidade",[22] o que talvez contribua para uma antropologia poética da imagem, uma reflexão que alarga o espaço de compreensão da fotografia, levando em conta a carga afetiva e sentimental que circula pela imagem, para além do âmbito privilegiado (e protegido) do que se entende por "arte". É como se a imagem devolvesse ao sujeito – à maneira de um oráculo contemporâneo – uma mensagem que revelaria alguma verdade sobre ele, mas de forma invertida. Assim, a fotografia catalisa pequenas ficções, algumas delas bastante incríveis – precisamente, pois desafiam nosso ceticismo e o controle exercido pelo modelo da verossimilhança. Por exemplo, no longo poema "Emblema", há um trecho sobre as possibilidades de encontro/desencontro entre duas figuras: de um lado, o segurança que observa pelo monitor uma garota que participa de uma manifestação, e ao vê-la na tela tem

21 Lyotard. *Dispositivos pulsionales*.
22 Garramuño. O império dos sentidos: poesia, cultura e heteronomia. In: Pedrosa; Alves (orgs.). *Subjetividades em devir*: estudos de poesia moderna e contemporânea, p. 84.

vontade de espancá-la; de outro, a garota, que não vê o segurança, mas, diz o poema,

> se ela o visse
> já sonharia com o bebê
> que os dois empurrariam
> num carrinho pela orla[23]

O que o poema persegue é esse encontro desencontrado que a imagem fotográfica ou videográfica dispara, produzindo uma fantasia que se aloja no invisível da imagem. A imagem surge nesses poemas como elemento que desafia o paradigma da verossimilhança; este parece dar lugar ao improvável (a história do irmão gêmeo afogado na banheira), ao pitoresco (uma revoada de flores incrivelmente fantásticas), ao falso, ao exagero (o menor lápis de cor do mundo). O poema frustra a demanda de testemunho e de verdade autobiográfica, nega ao leitor o conforto das formas tradicionais de representação e de expressão do vivido, sem, no entanto, evacuar as histórias de vida. No pequeno livro em que Carlito comenta a ficção de César Aira, lemos uma afirmação que também caberia à sua poesia:

> A questão é contar o que aconteceu, mas não exatamente como aconteceu. Se você hoje encontrou, em um café, um amigo que não via há tempos, se vocês sentaram juntos para uns goles e depois se foram, conte isso. Mas que tal, se na hora de contar, incluir na conversa uma garota eslovena que se sentou com vocês pedindo socorro e dizendo-se perseguida por um ex-piloto guatemalteco de Fórmula 3?[24]

23 Azevedo. Emblema. In: *Monodrama*, p. 21.
24 Azevedo. *13 variações sobre César Aira*. In: *Revista Landa*, p. 182.

As imagens – tanto a fotográfica quanto a mental, a *imagerie* subjetiva – não são encaradas nesses poemas como uma irrefutável demonstração visual de um evento ou de uma presença. A fotografia deixa de ser a prova confiável e é reabsorvida pelas forças desestabilizadoras de sua recepção; se nossos sentidos não são confiáveis, a memória torna-os ainda mais obtusos. O olhar nunca é puro, está sempre envolvido numa nuvem de sensações que pode nublar a vista. Talvez por isso, Riobaldo, em *Grande sertão: Veredas*, insista no refrão: "Diadorim era minha neblina". De modo geral, esses poetas fazem dos poemas (ou de alguns poemas) dispositivos de visualização de algo que não pode ser dito, aquilo que não se deixa dizer, mas que pode ser mostrado. Em torno dessas imagens, o sujeito se desestabiliza, a própria experiência contemporânea surge como uma miríade de possibilidades que apontam para o surgimento do sujeito na proliferação da imagem que ele escolheu para rodeá-lo, para interpelá-lo. Assim, a relação entre poesia e imagem surge não mais para criar uma visualidade gráfica em que resplandecia a materialidade do signo, mas para acessar uma dimensão opaca, obscura, assumindo, como queria Nietzsche,[25] que a arte baseia-se na inexatidão do olhar.

Referências

ANDRADE, Carlos Drummond de. *Sentimento do mundo*. São Paulo: Companhia das Letras, 2012.

AZEVEDO, Beatriz (Org.). *Poetas contemporâneas do Brasil*. São Paulo: P-o-e-s-i-a; Unicamp, 2021.

25 Nietzsche. *Sobre verdade e mentira*.

AZEVEDO, Carlito. 13 variações sobre César Aira. *Revista Landa*, Florianópolis, v. 2, n. 2, p. 174-186, 2014.

AZEVEDO, Carlito. *Monodrama*. Rio de Janeiro: 7Letras, 2009.

AZEVEDO, Carlito. *Sublunar*. 2. ed. Rio de Janeiro: 7Letras, 2006.

BARTHES, Roland. *A câmara clara*. Trad.: Júlio Castañon Guimarães. Rio de Janeiro: Nova Fronteira, 1984.

BATCHEN, Geoffrey. Snapshots: Art history and the ethnographic turn. Nova York; Londres, *Photographies*, v. 1, Issue 2, p. 121-142, 2008.

BAZIN, André. A ontologia da imagem fotográfica. In: ______. *O cinema: ensaios*. Trad.: Eloísa de Araújo Ribeiro. São Paulo: Brasiliense, 1991. p. 19-26.

BRITTO, Paulo Henriques. *Formas do nada*. São Paulo: Companhia das Letras, 2012.

BRITTO, Paulo Henriques. *Trovar claro*. São Paulo: Companhia das Letras, 1997.

CARTIER-BRESSON, Henri. O instante decisivo. In: ______. *O imaginário segundo a natureza*. Trad.: Renato Aguiar. Barcelona: Editorial GG, 2015.

DIDI-HUBERMAN, Georges. *Diante do tempo*: história da arte e anacronismo das imagens. Trad.: Vera Casa Nova e Márcia Arbex. Belo Horizonte: Ed. UFMG: 2019.

DOLHNIKOFF, Luís. Poesia média e grandes questões. *Portal Cronópios*, 12 abr. 2006.

ERBER, Pedro. The Word as Object: Concrete Poetry, Ideogram, and the Materialization of Language. Madison (WI), *Luso-Brazilian Review*, v. 49, n. 2, p. 72-101, 2012.

GARRAMUÑO, Florencia. O império dos sentidos: poesia, cultura e heteronomia. In: PEDROSA, Celia; ALVES, Ida (orgs.). *Subjetividades em devir: estudos de poesia moderna e contemporânea*. Rio de Janeiro: 7Letras, 2008.

LYOTARD, Jean-François. *Dispositivos pulsionales*. Trad.: José Martín Arancibia. Caracas; Madrid: Fundamentos, 1981.

MENEZES, Lu. *Onde o céu descasca*. Rio de Janeiro: 7Letras, 2011.

MONDZAIN, Marie-José. *Imagem, ícone, economia*: as fontes bizantinas do imaginário contemporâneo. Rio de Janeiro: Contraponto, 2013.

NIETZSCHE, Friedrich. *Sobre verdade e mentira*. Trad.: Fernando de Moraes Barros. São Paulo: Hedra, 2008.

SISCAR, Marcos. A cisma da poesia brasileira. In: ______. *Poesia e crise*: ensaios sobre a "crise da poesia" como *topos* da modernidade. Campinas: Editora da Unicamp, 2010.

SISCAR, Marcos. Poetas à beira de uma crise de versos. In: ______. *Poesia e crise*: ensaios sobre a "crise da poesia" como *topos* da modernidade. Campinas: Editora da Unicamp, 2010.

SONTAG, Susan. Na caverna de Platão. In: ______. *Ensaios sobre a fotografia*. Trad.: Joaquim Paiva. Rio de Janeiro: Arbor, 1981.

TILLMANS, Wolfgang. Interview: Wolfgang Tillmans. *Influence*, Issue 2, p. 110-121, 2004.

OS INCÊNDIOS DE UM POETA AOS 80 ANOS

A lenda atribui ao deus Hermes a invenção da lira, instrumento de cordas que o aedo acariciava com os dedos para acompanhar seu canto. Por analogia, criamos a imagem do poeta que acaricia as cordas da língua para fazer ressoar seu verso.

A lírica seria assim um tipo de arte vibratória, e o gênero, diferentemente de uma forma literária egocêntrica ou "eucentrada", tem sido mais bem descrito por sua capacidade de captar e relançar os afetos que explodem a forma do eu. Lírico é o poema que desarruma a cena pronominal, revelando o trajeto arriscado e incerto da palavra amorosa rumo a um "tu" ou "você" saudosamente convocado ou eroticamente desejado.

É mesmo na chave lírica que melhor se percorre *Cristina*, plaquete de 21 poemas de Armando Freitas Filho, publicada em 2021 em tiragem pequeníssima, só 20 exemplares. O conjunto mostra um poeta assombrado por sua própria finitude, mas que não desiste de cantar o amor, com nome próprio. Armando Freitas Filho diz que a plaquete começou a ser escrita "quando a verdadeira Cristina apareceu na praia perfeitamente".[1] No livro, ela surge mesmo deslumbrante, da primeira vez num "miniminibiquini", com a trança só de um lado, evocando a serpente do Paraíso e encantando o poeta, para quem "sem perigo o amor não presta". O nome próprio é o da esposa, Cristina Barreto: "Fui fazendo os poemas ao longo desses 42 anos em que estamos juntos", revela.

1 Este ensaio será todo entrecortado por trechos de conversas que tive com o poeta ao longo de três meses, em 2022. Freitas Filho no Rio, eu, em Budapeste.

O livro se abre com céu azul absoluto e termina com nuvens perfeitas. Esse pequeno objeto amoroso circulou entre as poucas pessoas para quem o próprio autor o distribuiu, apresentando poemas que transitam entre o íntimo, o ínfimo e o que não tem fim. O fluxo do viver e a câmera lenta da memória – detalhes que a poesia fixa.

Cristina se multiplica em imagens, é a presença estruturante da casa e com ela quase se confunde, ressurgindo como a banhista de Ingres revisitada num belo poema que a descreve com uma roupa feita de vapor d'água:

> sua pele é meu único luxo

Ela irrompe em sonho e pensamento, no lugar de mãe, nas viagens a dois, nas leituras compartilhadas, como tradutora em sentido amplo, como quando transmite ao poeta a precisão do desenho da frase proustiana, antes para ele opaca. Há doçura e medo, a memória que falha – a mulher é quem cuida do fio, não permite que se parta. Ao mesmo tempo, nada aqui tenta extorquir emoções fáceis dos leitores nem resvala no fútil exibicionismo.

A imagem da mulher não se fixa numa só figura – nem na mãe do filho, nem na esposa, nem no objeto do desejo erótico –, mostrando uma posição feminina dinâmica, de várias camadas que parecem se mover suavemente. Não se trata de uma idealização ou um alçamento da mulher a um lugar edulcorado, mas uma exaltação nada grandiloquente do prazer de viver juntos, o registro poético de uma proximidade que engendra vontades de fusão, de transfusão, invisíveis pontes entre os corpos:

> Me dê só dois palmos do seu sono
> para que eu sonhe com você.

Armando Freitas Filho estreou em 1963 com *Palavra*; seus dois livros seguintes foram editados pelo grupo Práxis; em 2003 reuniu sua obra em *Máquina de escrever*; e em 2020 veio o *Arremate*, comemorando seus 80 anos.

Perguntado sobre os começos (o encontro com a poesia e o desejo de escrever seus próprios poemas), Armando conta que aprendeu a ler aos 5 anos: "Graças a meu pai, que me ensinou por dois caminhos que me abriram a porta – o dicionário e o jornal *A Noite*". Mais tarde, já no colégio, "a poesia começou a soprar". Foi quando surgiram as primeiras redações "e, uma vez ou outra, poemas": "Era como um brinquedo de papel". Sua entrada no reinado sem rei da poesia se completa quando, anos mais tarde, conhece os poemas de Manuel Bandeira e Carlos Drummond, a quem chama de professores e aos quais chegou por um disco do selo Festa, dado de presente por seu pai: "Fiquei maravilhado, de pronto".

Tornou-se um poeta "trifásico", como gosta de descrever seu processo de escrita: uma primeira etapa à mão, depois à máquina e, nos últimos tempos, finalmente junto ao computador. Ele acredita que sua poesia não sofreu grandes transformações com a chegada dos meios digitais, "apenas os rascunhos ficaram mais limpos".

Diante de seu percurso literário, cabe sublinhar que o poeta foi publicado durante os últimos anos por uma importante editora, a Companhia das Letras, sem ter deixado, vez ou outra, de fazer experimentos editoriais paralelos, ora travando parcerias com artistas visuais, ora optando por edições artesanais, destinadas antes aos amigos.

Cristina fala de lugares de silêncio e partilha, da casa, do bairro e das paixões literárias, de pequenas comoções diárias, novas e antigas. Combina o verso simples, às vezes sentencioso, a uma necessidade vital da poesia como expressão de vida. Em suas primeiras incursões no poema erótico, havia a exteriorização poética do tesão em versos belamente explícitos ou antieufemísticos, como já notara José Guilherme Merquior no prefácio ao livro *À mão livre* (1979).

Em *Cristina*, vemos a passagem do tom erótico ao íntimo, do intempestivo ao cotidiano. O erotismo aqui, diz ele, vem da vontade e da vida – não de um mundo paralelo ou um fora do mundo, mas da intensificação dos quereres. A musa-mulher-companheira-cúmplice é o eixo, e nele a vemos como fonte de escrita e como "beleza lembrada e relembrada em seu circuito ardente", como diria Herberto Helder.

O poeta diz que nunca experimentou epifanias, mas que "às vezes consegue sentir certo deslumbramento que surge sem nome expressivo, tal como um sonho". É linda a chance de percorrer o verso sensualmente amoroso de um poeta na casa dos oitenta. Distante dos incêndios, da urgência e da fome erótica dos começos, aqui tudo é mais reflexivo e fotográfico que performativo.

Aqui a clave é antes meiga, de filamentos delicados da verdadeira vida, sem que, por isso, tenha de evitar a "gota de ácido", o desentendimento, um jogo necessário de contrastes, cada um voltando a ser um, em separado, porém sem exclusões. Isso tudo numa idade sem triunfos, mas que permite colher as delícias da cumplicidade, inclusive a da memória compartilhada.

Armando Freitas Filho matou sua sede inicial na fonte do Ferreira Gullar de *A luta corporal* (1954) e na de seus três mosqueteiros: Bandeira, Drummond e Cabral. Entretanto, desde cedo sublinhou os traços que o diferiam de seus mestres formadores. Avesso à ortodoxia dos modernos, percebeu que, para ele, o poema pode surgir de vários modos, inclusive a galope, na urgência vital que não pode contar com a concentração calma e o tempo lento de quem escreve como quem cata feijão:

> Escrever é arriscar tigres
> ou algo que arranhe, ralando
> o peito na borda do limite
> com a mão estendida
> até a cerca impossível e farpada
> até o erro – é rezar com raiva.[2]

Nos anos 1970, incorporou a liberdade da poesia marginal, embora não totalmente a sua embocadura. Segundo ele, aquela era uma poesia aberta, desengravatada, capaz de abarcar a intuição febril numa língua que ia à praia e suava. O caminho para o erotismo era natural.

Em um texto de 2005, ele retratou o instante em que seu time entrava em campo na paisagem da poesia brasileira. Época em que era quase obrigatório se alinhar a esse ou àquele projeto ou ideia de poesia. O diagnóstico que faz daquele momento, sem excluir uma crítica à ortodoxia modernista e à camisa de força do mundo dividido em paideumas, mostra como sua posição era, desde o início, independente e propensa aos trânsitos. Isso talvez o tenha ajudado a atravessar com menos solavancos a paisagem que se abria, trazendo de volta o sangue e a "suada fantasia". Afirmação de uma poesia em que voltam os afetos, os corpos e os sujeitos da escrita.

Sua obra poética é igualmente reveladora da mudança na relação entre poesia e imagem, e isso se vê em *Cristina*. Freitas Filho com frequência tece imagens a partir do

2 Freitas Filho. Numeral/16. In: *Máquina de escrever*: poesia reunida e revista, p. 42. (Rio de Janeito: Nova Fronteira, 2003.)

enquadramento fotográfico, mostra que o poeta, muitas vezes, é um espectador privilegiado do mistério cotidiano, é alguém que, diante do que vê, constrói um olhar com sua palavra.

"Para mim, a poesia e a pintura, desde que eu era bem moço, apareciam juntas no que eu amadoristicamente escrevia. Gosto muito de pintura. Desde cedo tive amigos pintores: Rubens Gerchman, Roberto Magalhães, por exemplo." Sobre a relação entre as artes, conclui: "Acho que poesia e artes plásticas dão boa liga".

Quando pergunto o que anda lendo, fala de releituras como quem fala de amigos de toda a vida: Machado de Assis, Carlos Drummond e Antonio Candido. O que consegue a poesia que nada mais, nem outra arte, consegue? "Acho que todas as artes têm as suas matrizes e necessidades. Mas realmente, a meu ver, a poesia tem algo mais; tem uma proximidade com o leitor ou leitora de surpresa, e os poemas acabam se escrevendo no livro ou fora dele, inventando e libertando suas descobertas. Afinal, nós temos que amar ou desamar quando são escritos."

Freitas Filho conta que ainda hoje "escreve quase diariamente para não deixar dormirem suas asas". Faz desse jeito, "mesmo que seja para ficar triste, como quando se planta numa página e não se completa o que se tentou escrever. Mas não se deve desistir desse possível empenho". Ainda bem, assim temos a sorte de ler mais um livro, feito com peles, tempo e nuvem, e de ouvir uma voz que, ao se entregar, não teme dizer:

> Pois eu sei
> pois eu sou
> esse incêndio aceso adiante
> em seu louvor

ESCREVER COM A BOCA: VIOLAÇÃO DA PALAVRA E LIBERAÇÃO DOS SENTIDOS PRISIONEIROS NA POESIA DE GHÉRASIM LUCA

Nada de cortar tudo em fatias inteligentes, em fatias inteligíveis – como manda a boa dicção francesa (...).

Valère Novarina

Se a poesia do último século pode ser lida através das múltiplas maneiras de responder à pergunta "como sustentar uma voz?", em Luca[1] a resposta se oferece na busca de uma abertura à plasticidade sonora e contraditória da língua: "o som errante opera: o milagre das curvas em ziguezague".[2] Inventor do Não Édipo, de si mesmo e de uma física elementar da linguagem, Ghérasim Luca é a assinatura de um poeta cujo lugar na poesia de língua francesa é muito singular. Esse nome, que aliás não pode ser dissociado de um certo sotaque, é também a história de um abandono que vai da "demissão das origens" a uma poética da voz – redescoberta dos humores da palavra falada. Seu percurso se articula em torno de um triplo abandono: do nome próprio, da língua natal e da nacionalidade (romena). Luca foi apátrida desde os anos 1950; viveu sem registro oficial na França até 1994,

1 Parte da obra do autor em português pode ser acessada por meio da antologia *Ghérasim Luca por Laura Erber* (Rio de Janeiro: EdUERJ, 2012. Coleção Ciranda da Poesia).

2 Luca. *La voici la voie silanxieuse*, p. 35.

ano em que morre suicidando-se no Sena. Sua escrita põe em prática um modo de se apoiar no próprio desequilíbrio da língua, revelando as virtualidades e as ressonâncias sonoras de cada palavra. Na exploração do caráter negativo da linguagem, sua escrita conquista um ritmo que não admite os caprichos do drama melancólico, trata-se de uma linguagem que não se submete à ilusão da captura e ri das fantasias de identificação. Estamos longe do sofrimento moderno derivado da tomada de consciência a respeito da precariedade da linguagem. Em Luca, a afirmação dessa precariedade se revela um meio de subverter a fixidez das estruturas de produção e transmissão de sentido. A partir dos anos 1960, sua prática textual vai criar meios de inscrever a voz no poema – a escrita será então utilizada nos limites do fato literário, convidando a outras formas de interação entre leitor e texto. A performance vocal evidencia em ato a violência da linguagem, mas também o humor do corpo a corpo com ela.

O balanço da língua (ou: o francês rebolando)

Na contramão da exaltação moderna do fantasma do mutismo – tentação órfica que assombra a literatura, segundo Roland Barthes –, a voz de Luca se afirma em ritmo, respiração e silêncio. Num livro de 1942, *Un loup a travers une loupe*, que reunia poemas em prosa escritos na Romênia durante a II Guerra, Luca se referia a uma "necessidade imperiosa de escrever com a boca".[3] Nesse mesmo livro, a respiração aparece associada a uma experiência sensual de desestabilização:

3 Luca. *Un loup a travers une loupe*, p. 85.

> E é pela voluptuosidade de perder o fôlego, as dimensões e as afirmações certeiras que eu te respiro, oh amada – meus pulmões: um trapo de renda no bico de uma águia.[4]

Na sua poesia, a passagem do escrito à performance vocal guia-se pela necessidade de liberar a sonoridade, e não pela simples vontade de interpretar performaticamente o texto escrito. Trata-se, sobretudo, de agir sobre a palavra, a voz funcionando aí como um instrumento de operação sobre a língua – vocalizar é um gesto que abre, desfigura, subverte a sucessividade do escrito.

A performance vocal será nessa poesia um modo de perturbar o fluxo verbal, produzindo uma gagueira poética que envolve fisicamente o leitor na busca de uma experiência que não se contenta com a presença fixa da palavra impressa. A eficácia dessa poética deve-se, justamente, ao fato de que, nela, o poeta se coloca como alguém que age sobre a palavra, que interfere, quebra e recompõe a matéria sensível da língua. Mas essa violência material será, para Luca, um meio de exercer uma força ainda mais violenta sobre o corpo simbólico da linguagem. Busca-se um novo corpo da língua, "praticando o boca a boca de palavra a palavra".[5] Nesse boca a boca, o poeta elabora um uso intensivo da repetição. É o que leva Deleuze a incluir essa poesia entre as escritas da gagueira, no ensaio dedicado ao tema em *Crítica e clínica*. Deleuze refere-se a escritores que não tomam a língua como um sistema fixo, mas como um campo em constante variação. A gagueira seria então não mais a patologia que bloqueia a fala, mas um outro modo de

4 Luca. *Un loup a travers une loupe*, p. 31.
5 Luca. *Un loup a travers une loupe*, p. 85.

escrever. A linguística enquadra a condição de gaguejar como uma afasia, um distúrbio que afeta o fluxo da fala e da enunciação, prejudicando o desempenho do falante. Nas afasias – excetuando aquelas decorrentes de deficiências mecânicas –, é sempre a funcionalidade linguística dos fonemas que é transgredida, isto é, há uma transgressão das leis que definem o valor distintivo dos fonemas. Rompe-se aí aquilo que em linguística é chamado de "lei de solidariedade irreversível", que determina a ordem de sucessão fonética em cada palavra e a escolha de palavras na frase. Em um clássico ensaio sobre o tema, "Langage enfantin et aphasie" [Linguagem infantil e afasia], Jakobson[6] reconhecia a existência de transgressões também nos falares considerados normais, e usa o exemplo da palavra na ponta da língua. Nessa situação, o falante não consegue recordar uma composição fônica específica, então acaba provocando um deslizamento sonoro que o leva a outra palavra, foneticamente semelhante. Embora reconheça que a afasia possa diluir as superestruturas da língua e redistribuir funções linguísticas, Jakobson, e a linguística de modo geral, vê a afasia como um bloqueio. A prática de Ghérasim é o contrário de um bloqueio, é o contrário da dificuldade de alcançar a pronúncia completa de uma palavra; no seu caso, é o gaguejar justamente que propicia a produção de enunciados poéticos, é uma proliferação sonora que faz com que as palavras se transfigurem umas nas outras, sem que seja possível distinguir qual delas é a matriz e qual é a derivada. Daí porque Deleuze insiste em que não se deve confundir essa gagueira poética com um

6 Ver também: Flores, Valdir do Nascimento; Surreaux, Luiza Milano; Kuhn, Tanara Zingano. *Introdução aos estudos de Roman Jakobson sobre afasia*. Porto Alegre: Editora UFRGS, 2008.

tipo de mimetismo do verdadeiro gago – o que significaria permanecer no campo das representações.

Foi no livro *Héros-Limite*, de 1953, que a repetição apareceu pela primeira vez como um modo de desfazer o sentido progressivo de cada verso. É o que se nota no poema "Le rêve en action" [O sonho em ação]. Transcrevo aqui um pequeno trecho:

la beauté de ton sourire ton sourire
en cristaux les cristaux de velours
le velours de ta voix ta voix et
ton silence ton silence absorbant
absorbant comme la neige la neige
chaude et lente lente est
ta démarche diagonale[7]

Mas foi no poema "Passionnément", incluído em *Le chant de la carpe* (1973), que Luca tirou as máximas consequências da violação da palavra pela voz. Se em "Le rêve en action" as repetições ainda respeitavam a integridade de cada palavra, isso já não acontecerá em "Passionnément":

pas pas paspaspas pas
pasppas ppas pás paspas
le pas pas le faux pas le pas
paspaspas le pas
paspaspas le pas le mau
le mauve le mauvais pas
paspas pas le pas le papa
le mauvais papa le mauve le pas

7 Luca. Le rêve en action. In: *Héros-Limite suivi de Le chant de la carpe et Paralipomènes*, p. 48-49. Optei por não verter ao português este e o próximo trecho por julgar que os originais sejam mais adequados para ilustrar as minhas reflexões.

paspas passe paspaspasse
passe passe il passe il pas pas
il passe le pas du pas du pape
du pape du pas du passe
passepasse passi le sur le
le pas le passi passi passi pissez sur
le pape sur papa sur le sur la sur
la pipe du papa du pape pissez en masse
passe passe passi passepassi la passe
la basse passi passepassi la[8]

Nesse poema, a gagueira se torna ainda mais complexa, a retomada dos elementos já não mantém ilesa a fisionomia da palavra. O texto encena a própria configuração do espasmo poético que culmina em *je t'aime passio passionnément*. Cada vez que uma palavra se compõe ou atinge a sua forma usual, o autor novamente a desmonta, recombinando-a e relançando-a numa espécie de fluxo metamórfico que desintegra suas unidades mínimas (fonemas e morfemas). A insistência no fonema /pa/ é explorada no interior do poema, sendo ele aproveitado tanto como uma sílaba de *papa* (papai) quanto como seus homófonos *pas* (não) e *pas* (passo). O procedimento repetitivo revela que a própria linguagem entrou em estado de desequilíbrio, e por isso a língua só consegue avançar tateando os fragmentos sonoros e suas possibilidades combinatórias. Luca cria assim uma constelação de sentidos que nunca se fecha ou se pacifica; mesmo quando o poema termina, tem-se a impressão de que, virtualmente, ele continua. A ambiguidade das sequências de sons não

8 Luca. Passionnément. In: *Héros-Limite suivi de Le chant de la carpe et Paralipomènes*, p. 170.

só impede a leitura unívoca como produz um outro encadeamento sintático e um outro princípio de formação das palavras. O que estou sugerindo é que a repetição, tal como Luca a utiliza, subverte a etimologia filológica tradicional e promove um outro modo de engendrar e produzir sentido. A poesia passa a ser então "uma ficção suprema", para usar a expressão do poeta Wallace Stevens – ficção aqui como invenção de uma língua gaga. A gagueira rompe a unidade semântica e sonora das palavras como ensinada pela boa gramática francesa. Em certo sentido, trata-se de violar a imagem da língua, torná-la estranha, esquiva, irreconhecível para seus usuários e para si mesma, mesmo se apenas por alguns instantes, enquanto durar a experiência do poema.

Desfigurar, transfigurar, abrir

Num texto escrito na década de 1940, "Androïde contre Androgène: 11 apparitions du triple sur les ruines du double" [Androide contra Andrógino: 11 aparições do triplo sob as ruínas do duplo], Luca já expressava a necessidade de se tornar irreconhecível. Essa ideia atravessa vários de seus textos e sugere que a escrita se tornou um campo para a invenção de um sujeito não mais regulado pela cadeia hereditária, um sujeito cujo corpo tenta se desvencilhar do olhar especular; ou seja, a linguagem trata de engendrar alguém que já não reconhece a si mesmo dentro dos limites da unidade de seu corpo: "Transfigurar o rosto da amada e o nosso próprio rosto até ultrapassar o espelho. Furar os espelhos. Não mais se reconhecer". Entretanto, a violência do gesto que fura espelhos não se esgota no ato destrutivo. Esse trabalho com a escrita (mas também com a imagem) visa abrir as "prisões do ser", tornando o poema um lugar de operações libertadoras, que passam pela perda de si, pelo erotismo e pelo humor mórbido. O gesto de desfigurar a unidade visual aparece igualmente numa série de trabalhos plásticos – *Cubomanies* [Cubomanias] – realizados por Luca ao longo de vários anos. Nessas colagens, os corpos aparecem despedaçados e irremissíveis a uma imagem plena, frustrando o desejo do espectador de colar os fragmentos num todo compreensível ao olhar. Em "Androide contra Andrógino", Luca apresenta uma Estrela de Davi (associada à ideia de proteção na cultura judaica) desmembrada, sugerindo que a abertura dos seus triângulos, justapostos e "sufocantes", pode agredir a rigidez do destino histórico e de suas redes de proteção simbólicas.

A partir dos anos 1950, esse gesto de desfiguração recai sobre o corpo da língua, surgindo então uma escrita que francamente desfaz a identidade das palavras e sua unidade gráfica e semântica. Em *L'amour de la langue*, Jean-Claude Milner sugere que tomemos a língua como o núcleo que, em cada um dos idiomas, suporta simultaneamente sua unidade e sua distinção, equilibrando-se na deriva dessa não identidade. Deleuze afirma algo semelhante ao dizer que o multilinguismo não se reduz à coexistência de diversos sistemas linguísticos homogêneos e independentes, mas consiste numa linha de fuga ou variação que percorre e transforma cada sistema, impedindo que qualquer um deles seja completamente homogêneo. Talvez exista uma relação fundamental entre a recusa desse princípio de não identidade e a necessidade que experimentam os gramáticos de organizar as transformações da língua numa grade de leis e exceções, e os linguistas, por sua vez, de sistematizá-la enquanto objeto, através de conceitos que tentam dar conta dos estorvos na regularidade de suas transformações. Num sentido inverso, a poesia será para Luca um modo de afirmar a língua como um campo de produção de equívocos. Daí o poeta privilegiar os procedimentos que contribuem para reintegrar o equívoco no interior das enunciações, convocando paradoxos que geram situações indecidíveis, em que a construção de sentido se ramifica de tal modo que desorienta a leitura. Alguns de seus títulos são "O vampiro passivo", "O turbilhão que repousa", "A morte morta". Cito: "Em nome da antinomia frenética e deliciosa, o anti-tu é um tatu esquizofrênico e único".[9] O paradoxo dribla a fixação de sentido pela proliferação de um excesso contraditório de significação, sem que nenhum dos elementos em contradição impere sobre o outro, e a voz será uma importante aliada nessa busca do que ele mesmo chamou de "princípio de incerteza da linguagem".

Poesia física e riso curto

Os recitais de Luca não são "cartas abertas" à comunidade humana, a voz que neles se oferece não é necessariamente uma voz gregária que viria superar a solidão do escrito. A vocalização do poema é antes a afirmação de um gesto criativo que convoca o outro, física e mentalmente, não para oferecer-lhe a ilusão de uma comunhão, mas para transportá-lo, fazendo-o fluir através do corpo da voz. Seus recitais e seus respectivos registros sonoros revelam a irrupção do sentido no índice erótico da voz. Outro aspecto que se explicita no encontro com a materialidade vocal é o humor. Na sua performance, o riso volta-se sobre a própria linguagem, e não sobre um objeto fora ou distante dela. O humor em

9 Luca. *Héros-Limite suivi de Le chant de la carpe et Paralipomènes*, p. 30.

Luca não é cínico, ou seja, não é produzido pelo escárnio em relação a um outro (ou a um outro pensamento). O seu riso é demolidor porque celebra o acaso.

Em *A lógica do pior*, o filósofo Clément Rosset oferece uma distinção bastante lúcida entre ironia e humor. Rosset identifica em ambas estratégias um mesmo investimento destruidor, porém, enquanto a ironia se dirige a objetos específicos, revelando uma certa mesquinhez no ataque, o humor opera uma destruição mais ampla, regida pelo acaso, e não pela intenção em relação a um objeto específico. O acaso aqui não deve ser tomado como afirmação do aleatório, mas como o que age fora de uma lógica determinista ou pré-determinada. Para Rosset, à ironia corresponde o que ele designa de *riso largo*, que traz em si, mas de forma invertida, as razões que provocam o riso. Assim, o irônico

> pode destruir tudo o que lhe compraz, mas com a condição de deixar entender as ideias em nome das quais ele age, os princípios sobre os quais se apoia para proceder às suas execuções.[10]

Já o riso exterminador do artista seria, ao mesmo tempo, mais destruidor e mais criativo – ele produz um *riso curto* que não se prolonga na compreensão intelectual das suas razões, ou seja, um riso que não oferece nada que pretenda justificá-lo. É isso que faz dele um escândalo. Como assinala Rosset, sua violência é mais agressiva porque abole o sistema de significações no qual a ironia ainda se apoia, embora realize a sua inversão.

10 Rosset. *A lógica do pior*, p. 191-192.

A voz, uma outra escritura possível?

A noção de escritura, tal como Barthes a formulou, movia-se pela crítica à supremacia da oralidade sobre a escrita: "A escritura deve permanecer ligada não à voz, mas à mão, ao músculo: deve instalar-se na lentidão da mão".[11] A elaboração inicial da noção de escritura está vinculada, portanto, à necessidade de vivificar o gesto manual que subjaz ao ato de escrever. É o que levou Barthes a voltar-se tanto para escritores quanto para artistas visuais – como Cy Twombly, que introduzia em suas pinturas os traços e códigos da escrita verbal. Mas se, para Barthes, o que havia de mais vital na noção de escritura era a viagem que ela promove – viagem do corpo através da linguagem –, tornou-se inevitável que, a partir de certo momento, ele mesmo tivesse de repensar a oralidade dentro de um novo horizonte de reflexões. Na entrevista intitulada "Les fantômes de l'Opéra" [Os fantasmas da Ópera],[12] ele afirmava que o grão da voz implica uma certa relação erótica entre a voz e quem a escuta. A voz perderia momentaneamente sua finalidade funcional para se erotizar, emitindo algo que é liberado no dizer, mas que não se reduz ao que é dito. Talvez a voz de Luca seja esse convite a escutar o que ela diz ao perturbar a articulação de sentido, sem, no entanto, aboli-lo por completo. Barthes sugere que, do mesmo modo que conseguimos aprender a ler a "matéria" do texto, poderíamos começar a escutar o *grão da voz*, a sua significância, tudo o que nela vai além da significação, como, por exemplo, a sensualidade do sentido.

11 Barthes. Les fantômes de l'Opéra. In: *Œuvres Complètes IV*, p. 488.
12 Publicada em 17 dez. 1973 no *Le Nouvel Observateur*, conduzida por Hector Bianciotti. Posteriormente incluída no volume IV das *Œuvres complètes* de Barthes.

A poesia de Luca é reveladora da potência da voz como instrumento de tensão poética. Essa voz não se contenta com reinscrever o erotismo na linguagem, mas assume o risco de transformação do próprio sujeito da escritura pelos seus modos de enunciação, constituindo, como afirmou certa vez o próprio Luca, um meio de "transgredir a palavra pela palavra e o real pelo possível".[13]

Referências

BARTHES, Roland. Les fantômes de l'Opéra. In: ______. *Œuvres Complètes IV*. Paris: Seuil, 1994.

BARTHES, Roland. *O grão da voz*. Trad.: Mario Laranjeira. São Paulo: Martins Fontes, 2004.

BARTHES, Roland. *O rumor da língua*. Trad.: Mario Laranjeira. São Paulo: Martins Fontes, 2004.

DELEUZE, Gilles. *Crítica e clínica*. Trad.: Peter Pál Pelbart. São Paulo: Editora 34, 1997.

JAKOBSON, Roman. *Language enfantin e aphasie*. Paris: Flammarion, 1980.

LUCA, Ghérasim. *La voici la voie silanxieuse*. Paris: José Corti, 1997.

LUCA, Ghérasim. *Un loup a travers une loupe*. Paris: José Corti, 1998.

LUCA, Ghérasim. *Héros-Limite suivi de Le chant de la carpe et Paralipomènes*. Paris: Gallimard, 2001.

LUCA, Ghérasim. *Androïde contre Androgène*: 11 apparitions du triple sur les ruines du double. Espólio da Biblioteca Literária Jacques Doucet, pasta GHL ms13.

13 Espólio da Biblioteca Literária Jacques Douceut (Paris), pasta Pp 12.

MILNER, Jean-Claude. *L'amour de la langue*. Paris: Seuil, 1978. (Ed. bras.: *O amor da língua*. Trad.: Paulo César de Souza Jr. Campinas: Editora da Unicamp, 2012.)

ROSSET, Clément. *A lógica do pior*. Trad.: Fernando J. Fagundes Ribeiro e Ivana Bentes. Rio de Janeiro: Espaço e Tempo, 1989.

SOBRE A AUTORA

Laura Erber (Rio de Janeiro, 1979) é escritora, editora e pesquisadora. Entre suas publicações, destacam-se *As palavras trocadas* (Âyiné, 2023), *Mesa de inspecção do açúcar e tabaco* (não edições, 2018) e o romance *Esquilos de Pavlov* (Alfaguara, 2013). Publicou ainda os infantis *O método de Pepe Chevette* (Biruta, 2021) e *Nadinha de nada* (Companhia das Letrinhas, 2013). Em 2015, fundou com Karl Erik Schøllhammer a Zazie Edições, voltada para publicações em sistema de livre acesso. Em 2020, lançou a coletânea de ensaios sobre arte e visualidade *O artista improdutivo* (Âyiné). Pela Relicário, lançou o livro de poemas *A retornada* (2017) e traduziu, com Sergio Flaksman, o livro *Falas curtas* (2022), da poeta canadense Anne Carson. Desde 2022, coordena as cooperações internacionais e o programa de pós-doutorado do International Institute for Asian Studies (IIAS), com sede em Leiden, na Holanda.

1ª EDIÇÃO [2025]

Esta obra foi composta em Charter e Trade Gothic Next e
impressa sobre papel Pólen Bold 90 g/m² para a Relicário Edições.